대중지성, 소세키와 만나다

대중지성, 소세키와 만나다 : 현대인의 불안과 소세키의 질문들

발행일 초판1쇄 2020년 1월 3일(己亥年 丙子月 乙巳日) | **지은이** 박성옥
펴낸곳 북드라망 | **펴낸이** 김현경 | **주소** 서울시 종로구 사직로8길 24 1221호(내수동, 경희궁의아침 2단지) |
전화 02-739-9918 | **팩스** 070-4850-8883 | **이메일** bookdramang@gmail.com

ISBN 979-11-90351-12-6 04830 979-11-90351-11-9(세트) | 이 도서의 국립중앙도서관 출판예정도서
목록(CIP)은 서지정보유통지원시스템 홈페이지(http://seoji.nl.go.kr)와 국가자료종합목록 구축시스템
(http://kolis-net.nl.go.kr)에서 이용하실 수 있습니다.(CIP제어번호: CIP2019050765) |

책으로 여는 지혜의 인드라망, 북드라망 **www.bookdramang.com**

이 도서는 한국출판문화산업진흥원의 '2019년 출판콘텐츠 창작지원사업'의 일환으로 국민체육
진흥기금을 지원받아 제작되었습니다.

감성(감이당 대중지성) 시리즈

1

대중지성, 소세키와 만나다

현대인의 불안과 소세키의 질문들

夏目漱石

박성욱 지음

북드라망

일러두기

1 이 책에서 인용한 나쓰메 소세키의 소설은 2013년 출간을 시작하여 2016년에 완간한 현암사의 『나쓰메 소세키 소설 전집』입니다. 해당 서지가 처음 나오는 곳에 서명, 출판사, 출판 연도, 인용 쪽수를 밝혔으며, 이후 재인용 시에는 서명과 인용 쪽수로 표시했습니다. 『나쓰메 소세키 소설 전집』의 목록은 다음과 같습니다.

　①나는 고양이로소이다 ②도련님 ③풀베개 ④태풍 ⑤우미인초 ⑥갱부 ⑦산시로 ⑧그 후 ⑨문 ⑩춘분 지나고까지 ⑪행인 ⑫마음 ⑬한눈팔기 ⑭명암

2 『나쓰메 소세키 소설 전집』을 제외한 인용 서지의 표기는 해당 서지가 처음 나오는 곳에 지은이, 서명, 출판사, 출판 연도, 인용 쪽수를 모두 밝혔습니다. 이후 다시 인용할 때는 나쓰메 소세키 저작의 경우 서명과 인용 쪽수로, 그 외의 저자인 경우 지은이, 서명, 인용 쪽수만으로 간략히 표시했습니다.

책머리에

나는 글쓰기를 인문의역학연구소 감이당에서 배웠다. 대중지성 과정은 연간 총 40강으로 이루어진다. 춘하추동 4학기로 나누어 학기말마다 에세이를 쓰는 미션이 주어진다. 동서양의 고전을 읽고 자기 삶의 현장과 연결시켜 글을 쓰라는 과제였다. 텍스트를 요약정리하지 말라, 주자가 쓴 책을 내 삶과 연결시켜 고민한 흔적을 써라, 연암과 스피노자를 횡단하면서 자신의 질문을 찾아라, 들뢰즈와 장자를 접목시켜 새롭게 사유한 것을 써라… 그야말로 철학, 역사, 인류학, 생물학, 의학, 문학 등 다양한 분야를 경계 없이 넘나드는 글쓰기였다.

　　사상의 대가들을 이해하기도 힘든데 단 한 줄이라도 자신의 사유를 쓰라는 요구는 막막했다. 어지간한 지식과 정보라면 네이버나 구글에 검색하면 나온다. 내 생각은 무엇인가? 글을 써 보기 전에는 알 수 없다. 에세이 주간이 다가오면 우리는 지옥을 다녀온다. 비참할 만큼 자학의 바닥을 쳐야 한다. 배울 만큼 배운 지식인이라는 타이틀은 아무 소용이 없다. 왕년에 글 좀 써 봤다는 기억이나 막상 쓰면 근사한 글이 나올 거라는 허무맹랑한 몽상은 여지없이 깨진다. 자신 안에 인식의 창고가 텅 비어 있음이 투명하게 드러난다. A4 용지로 5매를 채우려면 마른 행주를 쥐어짜듯 글을 써야 했다.

감이당 공부의 하이라이트는 에세이 발표일이다. 여러 사람 앞에서 글을 읽은 후 합평을 한다. 같은 책을 읽고도 어떻게 살아온 사람인지에 따라 얼마든지 다른 글이 쏟아져 나오는 걸 보면 정말 신기하다. 글쓰기 튜터들의 지적은 한결같았다. 너의 생각이 어디에 들어 있느냐. 너의 현장에서 고민하고 깨달은 것이 무엇이냐. 여느 글쓰기 단체나 모임과는 비교할 수 없는 독특한 수련 방식이다. 글쓰기는 정직하게 자신과 대면하는 일이다. 글을 발표하다 보면 종전에는 깨닫지 못했던 자신의 민낯이 보인다. 얼굴이 벌겋게 달아오르고, 입이 바싹바싹 마른다. 부끄러움으로도 화상을 입는다. 그동안 철석같이 믿어 왔던 가치관에 대해 회의하고 고정관념을 깨는 토론 과정이다. 니체는 인간이라는 존재는 매번 극복되어야 할 그 무엇이라고 했다. 글쓰기는 자기를 변화시키는 사유의 힘을 기르는 수련이다. 글쓰기로 삶을 다르게 구성하고 가치를 생성할 수 있어야 자기 극복이 된다.

나는 감이당을 다니면서 16편의 에세이를 썼다. 어느 날 장원을 했다. 내 글을 장원으로 뽑은 이유는 "아는 것만 썼다"였다. 어리둥절. 너무나 당연한 말 아닌가. 모르는 걸 어떻게 쓴담. 이 칭찬이 얼마나 많은 가르침을 함축하고 있는지 머지않아 나는 깨닫게 된다. 글쓰기를 앞두면 지독한 자의식과의 싸움이 이루어진다. 아는 것도 없으면서 뭔가 아는 척하고 싶은 욕심, 그럴듯하게 포장하고 싶은 자기과시의 욕망이 끝없이 내면을 괴롭힌다. 책상 앞에 앉기까지 뭉개는 시간이 실제 글을 쓰는 시간보다 수십 배는 길다. 내게 감이당 공부는 글쓰기의 기술, 요령을 가르쳐 주는 과정이 아니라 자의식을 떨쳐 버리게 하는 인간개조 프로젝트였다. 심연의 밑바닥에서 솔직하게 삶을 마주해야 한 줄이라도 글을 건져 올릴 수 있다. 이 단순한 진리를 몸에 익히는 게 지금도 힘들다.

글쓰기만 이럴 것인가. 삶의 마디마다 자의식의 우물에 빠져서 허우적거리는 일은 더없이 많다. 나쓰메 소세키가 내게 각별하게 다가온 이유도 이 때문인 것 같다. 동아시아의 근대문학을 연 세 명의 작가로 일본의 소세키, 중국의 루쉰, 조선의 이광수를 꼽는다. 가장 먼저 일본이 서양의 문물을 받아들이고 개화의 급물살을 탔다. 신분제 질서가 무너지고 시민사회로 이행하는 변화에서 소세키는 낱낱이 파편화되는 개인을 발견했다. 그들의 내면은 불안했고 고독했다. 불안의 근저에는 비대해져 가는 자의식이 있었다. 끝없이 타인을 의식하고, 비교하고, 경쟁하는 자본주의형 인간의 탄생이었다. 소세키는 근대인이 겪는 불안과 고뇌를 작품에 담았다. 훗날 사회적 소통을 포기하고 은둔하는 히키코모리가 늘어나는 것을 보면 소세키가 이미 한 세기 전에 얼마나 예리하게 시대적 징후를 감지했는지 감탄하게 된다.

이 책은 소세키가 발표한 장편소설 전작을 읽고 쓴 글이다. 독후감? 서평? 평론? 무엇이라 규정하기 어렵다. 문학작품을 통해 내 삶을 성찰한다는 점에서 에세이에 가깝다. 나는 소세키가 살았던 시대의 사람들과 오늘날을 살아가는 우리를 연결시켜 보고 싶었다. 100년 전에 작가가 던졌던 질문이 얼마나 우리와 닮아 있는지 살펴보려는 시도이다. 우리는 잘 살아가고 있는가. 진보를 믿는 역사적 관점이 맞기는 한가. 현대인의 불안을 극복하기 위해 무엇을 버리고, 무엇을 바꿔야 하나 등을 질문해 보는 반딧불 같은 책이 되면 좋겠다.

또 하나, 이 책은 '대중지성 글쓰기'를 선보이는 실험이다. 교양과 취미로 책을 소비하는 데 그치지 않고 내 식으로 책을 해석하고 나만의 언어 만들기가 계속 이어지길 바란다. 대중이 글을 생산하는 지성의 주체가 되어 더 좋은 세상을 열어 갈 수 있다고 믿는다. 작가라야 글을 쓰는 게 아니라 글을 쓰면 작가가 된다. 생애 첫 책을 내기까지 글쓰기의 지평을 넓혀 준 고미숙 선생님께 사무치는 감사의 마음을 전한다. 함께 책을 읽고 공부하는 감이당과 구인회 벗들이 큰 힘이 되어 주었다. 앞으로도 조각지성을 모아 집단지성을 만들어 가는 힘에 기대어 살아가려 한다.

차례

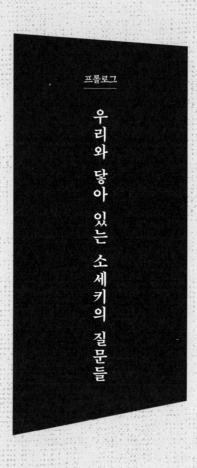

프롤로그

우리와 닿아 있는 소세키의 질문들

1. 삶의 방향이 바뀌는 징후

지금의 나는 어떻게 이 자리에 서 있게 되었을까? 인생의 방향이 언제 어느 지점에서 바뀌었는지 돌아보게 되는 순간이 있다. 7년 전 나는 대구의 교육 일번지로 불리는 수성구에서 학원을 운영하고 있었다. 스무 명에 가까운 강사를 고용하고 수백 명의 학생들이 들락거리는 제법 큰 학원이었다. 나는 시간을 모눈종이처럼 촘촘히 잘라서 써야 했다.

돈을 벌고 성과가 높아질수록 일은 늘어났다. 사업을 해본 사람은 알겠지만 사업이 잘될수록 더 많은 투자를 하고 더 높은 실적을 내지 않으면 굴러가지 않는다. 정신없이 회전하는 바퀴는 속도를 늦추는 순간 원심력을 못 이기고 튕겨 나가기 때문이다. 내가 일을 통제하는 것이 아니라 일이 나를 집어삼키고 있었다. 의식하지 못하는 사이에 나는 화폐-기계가 되어 있었던 것이다. 바쁘게 쫓기는 일상이 거듭될수록 가슴속에 텅 빈 구멍이 커져 갔다. 왜 이렇게 마음이 헛헛하지? 나는 삶에 의미를 느끼지 못했고 존재가 허하다는 생각을 떨치지 못했다. 물질적인 성취와 정신적인 충일감이 어긋나고 있음이 느껴졌다. 삶을 이런 식으로 탕진해도 되는 걸까, 존재론적 질문에 부딪쳤다.

그때 우연히 '감이당 대중지성 프로그램'을 알게 되었다. 어감상 달달한 빵집이 연상되는 감이당은 남산 자락에 있는 인문학 공부공동체였다. '존재와 삶, 자연과 우주의 근원을 탐구하는 배움터'라는 소개문이 달콤하게 다가왔다. 싸늘한 바람이 가시지 않은 겨울날, 동이 트기도 전에 길을 나서서 서울로 올라갔다. 그곳에서 나는 사람들이 앉은뱅이 나무책상을 놓고 종일 무릎도 못 펴고 쪼그려 앉아 공부를 하고 있는 희귀한 장면을 보게 된다. 50명 남짓한 사람들이 방 안에 빼곡하다. 새파란 젊은이부터 나이 지긋한 중년들이 모여 있다. 나처럼 멀리 지방에서 올라온 사람들도 많다.

뭘까? 이 사람들의 목마름은? 이토록 허름하고, 어설프고, 아웃사이더 내음이 풀풀 나는 공간에서 그다지 쓸모도 없어 보이는 인문학 공부를 하겠다고, 불원천리 전국 각지에서 사람들을 올라오게 하는 힘은 무엇일까 궁금했다. 돈을 벌고, 명성을 얻고, 값진 물건을 사고, 문화생활과 취미활동을 해도 채워지지 않는 가슴속의 허무함, 피로감, 불안감, 울적함을 달랠 수 없는 사람들, 이들의 정체는 이런 걸까? 그렇다면 나와 같다. 그날 나는 고작 단 하루 노사문제, 교육청 감사, 세무회계, 소방점검, 진상고객 같은 골칫거리에서 벗어났을 뿐인데 새털같이 가벼운 해방감을 느꼈다. '공부가 어디론가 나를 데려다 주겠지' 하고 설레었다.

내가 감이당에서 처음 접하게 된 공부 주제는 '글쓰기의 존재론'이다. 고전을 공부하면서 글쓰기가 자기 존재를 입증하는 전부가 된 사람들, 글쓰기로 삶의 진실과 대적했던 사람들을 만나게 된다. 그때 한 작가를 알게 되었다. 전에는 이름도 들어 본 적이 없는 나쓰메 소세키라는 일본 작가였다(일본문화 수입이 금지된 시절에 학교를 다녔던 우리 세대는 일본 작가를 배운 적이 없다). 하필 맨 처음 읽은 작품이 『마음』이었다. 어둡고 무거운 이야기였다. 이 소설을 읽자 고구마 백 개를 먹은 것같이 심사가 답답해지고 속에 천불이 나서 얼음 동동 띄운 막걸리가 마시고 싶어졌다. 그런데 이상도 하지. 이유도 모른 채 나는 소세키에게 끌려들었다. 내친 김에 그의 소설 여섯 권을 몰아쳐 읽었다. 이런 적은 처음이라서 무엇이 나를 이토록 매혹시키나 의아했다.

소세키 소설의 매력을 한마디로 딱 부러지게 말하기는 어렵다. 뭐랄까. 옆에서 누가 암에 걸려 아프다는 소리를 해도 당장 내 손에 박힌 가시가 더 아플 수밖에 없는 인간의 심연을 투시한다고나 할까. 배짱 없고 우유부단한 사람이 겪는 마음의 지옥을 보여 준다고 할까. 나는 남의 이목을 무시할 만한 뱃심은 없으나 일탈을 자제할 의지도 없는 사람들의 마음의 행로가 알고 싶어졌다. 한편으론 신경쇠약에 가까울 정도로 내면을 파헤치는 소세키가 지긋지긋했다. 그런데도 왜 이 작가에게 끌리는 것일까.

그의 소설 속 인물들은 불안했다. 물질문명이 폭발적으로 발전하기 시작한 근대의 입구에서 소위 모던보이와 신여성이 된 사람들의 내면은 황폐했다. 소세키는 물질적 발전의 속도를 따라가지 못해 헛발질을 하고 있는 사람들의 일상을 간파했다. 마치 나를 거울에 비춰 본 것 같았다. 아주 우연한 마주침에서 인식의 미세한 변화가 시작된다. 정체는 불분명했지만 나는 뭔가 변화의 조짐을 포착하고 열렬하게 거머쥐었는지도 모른다.

인문학 공부를 시작한 이듬해, 나는 전격적으로 학원을 매각했다. 30년간의 긴 정규직 생활을 마감하고 백수가 되었다. 나는 매주 새벽기차를 타고 서울에 가서 공부하고 밤기차를 타고 내려오기를 4년 동안 지속하게 된다. 그 시절을 "인문학과 진한 연애에 빠졌다"라고밖에는 달리 표현할 길이 없다. 앎에 대한 갈망이 충족되어 가는 기쁨이었다.

고질병인 소화불량에서 벗어나고 밥맛이 돌아왔다. 출근길에 자동차를 돌려 회사 반대쪽으로 달려가고 싶었던 월요병이 사라졌다. 왜 그렇게 '명함 없는 여자'가 되는 것을 두려워했는지 모른다. 사회적 관계망에서 튕겨져 나와서 고립될지도 모른다는 나의 걱정은 기우였다. 지적 탐구의 네트워크에 합류하자 새로운 인간관계가 꼬리를 물고 퍼져 나갔다. 학교 동창보다 자주 만나는 공부 벗들이 생겼다. 지금 나는 다른 일상을 살고 있다. 책을 읽고 벗들과 세미나를 하고, 글을 쓴다. 내가 원하던 삶이다. 공부를 한다는 소문은 저절로 퍼져 나가 짬짬이 강의 요청도 들어온다. 한낱 글쓰기가 삶을 바꿔 놓을 수 있는가? 나는 자신 있게 그렇다고 답할 수 있다. 아주 조금 방향을 트는 발심에서 삶의 변화가 시작된다. 마침내 나는 소세키의 장편소설 열네 편을 다 읽고, 이 글을 쓰기에 이른다.

2. 소세키는 어떤 작가인가

나쓰메 소세키(夏目漱石, 1867~1916)는 근대 일본문학을 대표하는 국민작가다. 『나는 고양이로소이다』, 『우미인초』, 『산시로』, 『그 후』, 『문』, 『마음』 등 많은 장편소설을 쓴 소세키는 100년이 넘는 긴 세월 동안 대중들에게 사랑과 존경을 받아 왔다. 그는 1867년 일본의 도쿄 신주쿠에서 태어났다. 본명은 나쓰메 긴노스케(夏目金之助)지만 22세부터 소세키(漱石)라는 호를 사용했다. '흐르는 물을 베고 돌로 양치질을 한다'는 고사 침류수석(枕流漱石)에서 따온 말이다. 돌로 양치질을 하다니, 이름에서부터 세상사에 합류하기 어려운 괴짜의 성향이 엿보인다.

　　소세키는 도쿄제국대학 영문학과를 졸업했다. 졸업 후 지방의 학교에서 교사 생활을 하고 있던 소세키의 인생에 획기적인 전환점이 왔다. 1900년 일본 문부성이 선정한 제1회 국비장학생 자격으로 영국 유학을 가게 된 것이다. 키 작고 가난한 동양의 유학생이 영국 땅에 던져졌을 때 그는 불유쾌함을 느꼈다. 그는 런던 유학 시절의 심경을 "오백만 기름방울 위에 혼자 떠 있는 물방울 같다"고 표현했다. 세상에 녹아들지 못하는 고독한 외톨이의 모습이다. 자유로운 사유를 얻기 위해서는 기존의 인식이 깨지는 질병을 앓는 것이 불가피하다고 했던가. 신경쇠약이 악화되고 그가 미쳤다는 소문이 고국에까지 들려왔다.

소세키를 아프게 강타했던 질문은 "문학이란 무엇인가"였다. 그가 접한 서양문학은 어릴 때부터 배워 왔던 한학(漢學)과는 달랐다. 소세키는 영문학이 과연 모든 문학의 전형일까라는 의문을 품는다. 문학은 그 나라의 역사와 문화를 바탕으로 만들어지는 정신의 산물인데 영문학을 그대로 답습해도 되는가라는 질문이었다. 그는 모든 문학서를 고리짝 안에 처넣는다. 그리고 무조건 남을 흉내 내기가 아닌 자기만의 고유한 문학을 탐색하기 시작했다.

"한마디로 말하면 자기본위(自己本位)라는 네 문자를 가까스로 생각해 그 자기본위를 입증하기 위해 과학적인 연구와 철학적 사색에 몰두하기 시작한 것입니다."(나쓰메 소세키, 『나의 개인

주의 외』, 김정훈 옮김, 책세상, 2004, 54쪽)

영국에서 소세키가 건져 올린 단어는 '자기본위'였다. 이 네 글자는 훗날 그의 문학세계의 중요한 키워드가 되는 '개인주의'의 씨앗개념이 된다. 귀국 후 교편을 잡고 있던 소세키는 어느 날 친구의 권유로 『나는 고양이로소이다』를 쓴다. 1905년 1월 잡지에 발표하자마자 이 소설은 대중들에게 열렬한 호평을 받았고 11회까지 연재가 이어졌다. 그때부터 소세키는 작가로 살아갈 결심을 하게 된다. 그의 나이 38세, 중년으로 접어든 때였다. 그는 자신을 평생 괴롭혔던 신경쇠약의 광기를 다그쳐서 창작열로 향하게 했다.

제국대학 졸업이라는 학벌로 보면 그는 학계는 물론 정계나 경제 각료로 출세할 수도 있고 식민지 조선이나 남만주까지도 진출할 수 있었던 당대 최고의 인텔리 지식인이다. 하지만 소세키는 삶의 방향을 글쓰기로 틀었다. 그는 아사히신문사에 입사해 매일 소설을 쓰는 전속작가가 되었다. 소세키가 제국대학 교수의 명예를 버리고 신문사에 들어가는 걸 보고 사람들은 깜짝 놀랐다. 그러나 그는 학교를 "그만둔 다음 날부터 갑자기 등짝이 가벼워지고 폐에는 미증유의 엄청난 공기가 들어왔다"고 말했다. 그는 억눌려 있던 것을 토해 내듯 맹렬하게 소설을 써 내려갔다.

1916년 49세의 일기로 세상을 떠날 때까지 10년 동안 그의 펜은 멈추지 않았다. 그가 죽기 전날까지 썼던 소설 『명암』은 188회를 마지막으로 미완으로 남았다.

소세키의 작품세계를 특징짓는 굵직한 주제는 근대문명 비판, 인간 마음의 탐구, 자기본위의 개인주의라고 할 수 있다.

소세키가 살았던 시대는 메이지유신(明治維新)과 궤적을 같이 한다. 일본은 메이지유신을 시발점으로 국민국가를 수립하고 서양식 근대화를 시작했다. 근대의 격동기에 동북아 지식인들을 사로잡은 주제의식은 국가 발전이라든지 자주 독립, 민족 계몽과 같은 거대담론이었다. 더구나 일본은 청일전쟁과 러일전쟁에 승리하고 제국주의 세력으로 팽창해 가고 있던 때다. 이런 시대적 배경을 감안하면 개인주의를 내세우는 소세키의 문학이 얼마나 독창적이고 고유한 색깔인지 짐작할 수 있다. 그는 자아를 탐구 대상으로 삼고 성찰하는 점에서 주체철학을 잇는 작가이다. 그에게는 진실한 내면의 목소리에 귀 기울이는 것보다 절실한 것은 없었다. 소세키의 문학은 빠른 속도로 균질화되어 가는 근대문명 세계에서 개인주의의 가치를 외친다. 각자 자신의 본성에 맞게 자기 속도로 살아가는 삶의 윤리를 추구하고 있다.

3. 소세키가 던진 질문은 왜 우리의 질문과 비슷한가

소세키는 1900년대 초 근대로 진입한 일본의 풍경을 그렸다. 그의 소설에는 사회 변혁을 이끄는 영웅이 등장하지 않는다. 세상을 구하고 민중을 계몽하려는 선구자도 없다. 소세키는 한창 잘 나가는 국가와는 동떨어진 개인의 내면을 다루었다. 국가주의와 집단주의가 대세였던 일본 사회에서 아주 작은 것을 클로즈업하는 시선이다. 그는 20세기 초로 건너가는 세기말적 징후를 예민하게 감지했다. 사랑과 윤리의 틈새에서 피가 말라 가는 죄책감, 신문명의 속도를 따라잡지도 거스르지도 못하는 불안감, 화폐를 중심으로 엮어지는 인간관계의 뒤틀림을 집요하게 파헤쳤다. 내가 소세키에게 끌렸던 것은 이런 지점일 것이다. 거대한 시대적 조류 속에서 개인은 각자의 고민만큼 인생을 살아가야 한다는 것. 개인이 겪는 마음의 균열은 세상사의 격랑만큼이나 거칠고 깊다는 것.

소세키는 하루가 다르게 발전하는 과학기술과 자본주의 사회의 엄청난 속도 변화를 몸으로 체험했다. 그리고 끝없이 질문을 던졌다. 마음이란 무엇인가. 도덕이란 무엇인가. 문명이란 무엇인가. 국가란 무엇인가. 자기구원은 가능한가. 그의 질문들은 유례없는 디지털 문명의 변동에 휩쓸려 있는 우리와 맞닿아 있다. 소세키의 소설에 나오는 인물들의 갈등은 100년이 지난 우리의 삶과 하등 다를 게 없다. 인간의 고민은 다 거기서 거기인지도 모르겠다.

나는 20세기 사람에서 21세기 사람으로 건너가던 순간을 지금도 또렷하게 기억한다. 1999년 12월 31일 밤, 나는 방송국에서 근무하고 있었는데 퇴근을 하지 못하고 자정을 기다리고 있었다. 우리뿐 아니라 통신, 전력, 의료기관, 항공사 등등 거의 모든 직장에서 날밤을 새웠던 날이다. 밀레니엄 버그에 대한 공포가 대한민국을 휩싸고 있었다. 1999년을 99라는 숫자로 줄여서 인식하던 컴퓨터가 2000년 1월 1일을 00으로 인식해서 모든 기계 작동에 오류가 나면 방송이 끊기고, 산소호흡기가 멈추고, 비행기가 추락한다는 식으로 공포의 시나리오가 퍼져 나갔다.

새천년을 맞이하는 우리의 정서는 희망이 아니라 불안이었다. 설령 밀레니엄 버그가 발생했다 한들 내가 할 일은 없었다. 고장을 복구시킬 무슨 실력이나 대책도 없이 그저 긴장해서 사태를 관망하고 있었을 뿐이다. 아날로그 시대에서 디지털 시대로 넘어가고 있다는 것을 그날처럼 생생하게 느낀 적은 없었다. 편리함과 효율성의 산물로 간주하던 컴퓨터에게 압도당하는 인간의 왜소함이라니! 세상의 발전 속도를 따라가지 못한다는 두려움이 스며들었다.

소세키가 전기나 기차, 증기선이나 기계의 등장으로 삶의 지반이 변화하는 것을 목도했을 때의 불안이 이와 비슷하지 않았을까? 우리는 그다지 멀리 오지 못했다. 그들이 고뇌했던 근대의 명암은 오늘날 우리의 삶에 고스란히 투영되어 있다. 우리들은 근대의 연장선 위에 서 있다. 1인당 국민소득이 3만 불을 넘는 경제 성장을 달성하고, 인공지능과 4차 산업혁명이 상상을 초월하는 핑크빛 미래를 가져다줄 것처럼 예고하고 있지만, 막상 자신이 설 자리가 어디인지는 확신이 들지 않는다.

소세키가 근대인의 행로에 대해 던진 질문은 지금도 현재진행형이다. 그의 질문은 근대의 변화상과 인간의 내면을 이해할 수 있는 구체적인 단초가 될 것이다. 그렇다고 즉각적인 해답을 기대해서는 안 된다. 소세키라고 뾰족한 수가 있을 리가. 다만 그는 자기 자신의 진실에 대해, 삶의 윤리에 대해, 혼미한 세상에 대해 질문하는 힘을 보여 준다. 우리에게도 질문을 던지라고 말해 준다. 소세키의 작품들을 하나씩 곱씹어 가면서 내 삶의 질문과 연결시켜 보고 싶다. 삶의 마디마다 스스로 건져 낸 질문만이 지혜의 길이 되지 않던가. 각자 자신의 질문에 답하라.

夏目漱石

道草

가족 안에서
내가 원하는 삶을 찾을 수 있을까?

1. 가족이라는 인연의 무게

———

"나는 금년에 죽을지도 모른다." 1915년, 소세키는 새해를 맞아
보내는 연하장에 이렇게 썼다. 감기 한 번 걸리면 몇 개월간 바깥
출입을 못할 정도로 몸이 많이 쇠약해졌다. 말이 씨가 되었는지
소세키는 그다음 해 세상을 뜬다. 죽음의 그림자가 다가오고 있
음을 어렴풋이 예감하는 사람은 어떤 글이 쓰고 싶어질까. 그 해
초부터 소세키는 따뜻한 볕이 들어오는 '유리문 안에서' 수필을
썼다. 그는 어릴 적 부모에 대한 기억을 담담하게 추억한다. 유년
기의 기억을 소환해 낸 수필집 『유리문 안에서』(硝子戸の中, 『아사
히신문』 1915년 1월~2월 연재)의 한 대목이다.

> 아사쿠사에서 우시고메로 옮겨진 당시의 나는 어째선지 무
> 척 기뻤다. 그리고 그 기쁨은 누구나 쉬이 알아볼 정도로 뚜렷
> 이 밖으로 드러났다. (……) 내가 혼자 방에서 자고 있는데 머
> 리맡에서 나지막한 소리로 연신 내 이름을 부르는 이가 있다.
> (……) 듣고 있는 사이, 그것이 우리 집 하녀의 목소리라는 걸
> 알아챘다. 하녀는 어둠 속에서 내게 속삭이듯 이렇게 말했다.
> "도련님이 할아버지 할머니라고 여기시는 분들은 사실 도련님
> 의 아버지와 어머니세요. 아까 '아마도 그래서 저렇게 이 집을

좋아하는가 봐, 거참 묘하군' 하고 두 분이 말씀하시는 걸 제가 들었으니까 도련님에게 살짝 가르쳐 드리는 거예요. 아무한테도 얘기하면 안 돼요. 아시겠어요?"(나쓰메 소세키, 『유리문 안에서』, 유숙자 옮김, 민음사, 2016, 84~85쪽)

핏줄은 끌어당긴다더니 제 집으로 돌아온지도 모르면서 좋아하는 어린아이의 모습이 천진하다. 어린 소년은 한밤중에 작은 목소리로 속삭이는 하녀에게서 꿈결처럼 자기 존재의 비밀을 알게 된다. 할아버지, 할머니가 나의 진짜 부모라니, 그럼 그동안 아버지 어머니로 불렀던 사람들은 누구란 말인가. 이 장면은 태생부터 복잡한 가족관계를 끌어안고 살게 될 한 사람의 운명을 암시하고 있다.

소세키는 5남 3녀 중 막내로 태어났다. 늦둥이를 본 그의 아버지는 50세, 어머니는 42세였다. 그의 어머니는 늦은 나이에 임신을 해서 '남세스럽다'고 말했다. 기대 수명이 요즘과는 달리 오륙십 세밖에 되지 않았을 테니 늦은 출산이긴 하다. 그는 태어나자마자 시오바라(塩原) 가에 양자로 보내졌다. 하지만 양부의 외도로 집안이 시끄러워지고 양부모가 이혼하는 바람에 아홉 살 때 본가로 되돌아온다.

본가로 돌아왔지만 21세가 될 때까지 양부모의 호적 아래 남아 있었다. 어린 소세키는 한동안 친부모를 할아버지, 할머니라고 불렀다. 형들이 연달아 폐결핵으로 사망하자 소세키의 아버지는 양부모에게서 호적을 돌려받고자 했다. 양부모는 그동안 키워 준 양육비를 내놓으라고 요구한다. 복적을 둘러싸고 친부모와 양부모 사이에 돈이 오고 갔다. 소세키는 자신이 상품처럼 거래되는 것을 직접 몸으로 체험했다. 유년기의 기억 때문인지 그는 거의 모든 작품에서 사람들 사이에 오가는 돈의 흐름을 다룬다. 전통적인 인간관계가 근대적인 교환 가치로 바뀌고 있는 모습을 소세키처럼 노골적으로 표현한 작가가 또 있을까 싶다. 화폐가 매개가 되는 교환관계야말로 근대적 삶의 양식을 적나라하게 보여 준다.

소세키는 『유리문 안에서』의 연재를 마치자마자 소설 『한눈팔기』(道草, 『아사히신문』 1915년 6월~9월 연재)를 썼다. 『한눈팔기』는 소세키가 쓴 소설 중에서 가장 자전적인 색채를 띤 소설이다. 자전소설이라 불러도 무방하다. 소설 속 주인공 겐조는 소세키의 모습과 싱크로율 99%이다. 소설은 작가의 체험일지라도 어디까지나 상상력이 가미된 허구인지라 소설 속 주인공을 작가와 동일시해서는 안 되지만 소세키와 가장 닮은꼴인 겐조를 통해서 자연인 소세키의 감정에 한 발 더 다가갈 수 있다.

『한눈팔기』는 36세의 중년이 된 겐조 앞에 오랫동안 소식이 없었던 양부모가 나타나는 이야기다. 서로 잊고 살 만큼 세월이 흘렀다. 한때는 부모자식 관계였으나 사실 피 한 방울 섞이지 않은 남남이다. 호적을 되돌린 지도 오래됐다. 서류상으로나 법적으로나 모른 체 해도 무방한 타인들이다. 양부모와의 조우는 어색하기 짝이 없다. 입양과 파양, 복적을 거쳐야 했던 곡절 많은 유년 시절은 어떤 모습으로 잠재되어 있을까. 끊어진 줄 알았던 가느다란 실이 질긴 인연으로 다시 봉합되는 순간 가족이란 무엇일까라는 근원적인 질문이 솟아오른다. 가족에 대한 기대와 의무, 책임 때문에 고뇌하는 사람이라면 소세키의 실증적인 증언인 이 소설에 깊이 공감하게 될 것이다. 『한눈팔기』는 한 작가가 탄생하기까지 어떤 우연과 필연이 뒤섞이는지 증언하는 귀중한 작품이다. 작가의 사생활을 엿보는 재미도 쏠쏠하다.

2. 도리냐 개인주의냐

소설은 "먼 데서 돌아온" 겐조가 출근하는 장면으로 시작된다. 여기서 '먼 데'는 영국을 암시하고 있다. 겐조의 직업은 대학에서 강의를 하는 교수이다. 친척들 눈으로 보면 겐조는 출세한 사람이다. 소위 서양물을 먹은 하이칼라가 아닌가. 외국 유학까지 다녀왔으니 월급을 엄청 많이 받을 거라는 헛소문이 퍼져 있다. 하지만 겉보기와 달리 실상 겐조는 돈에 쪼들렸다. 학교를 세 군데나 나가 강의를 해야 했고 집에 돌아오면 지쳐서 녹초가 되었다. 퇴근해도 쉬지 못하고 책상 앞에 달라붙어서 시험지를 채점한다든지 강의 준비를 해야 했다. 겐조는 일어나서 잠들 때까지 내내 시간에 쫓기며 살고 있다.

그의 주변에는 온통 손을 벌리는 가족이 있다. 천식에 걸려 헐떡거리는 누나는 매달 주는 용돈을 더 올려 달라고 부탁한다. 매형이 누나를 발로 차고 두드려 패면서 용돈을 빼앗아 가는 걸 알면서도 겐조는 거절하지 못하고 돈을 준다. 형은 어디 장례식이라도 가려면 겐조에게 낡은 외투를 빌려 입어야 할 지경으로 가난하다. 한때는 고위직에 있었던 장인도 쫄딱 망했다. 장인은 일자리를 잃고 미두 추식에 손을 대는 바람에 빈털터리가 되었다. 보증을 서 달라고 졸라 대니 겐조는 할 수 없이 대출을 받아서 돈을 빌려준다. 아내도 돈이 없어 쩔쩔맨다. 친정에서 가져온 옷까지 전당포에 맡겨서 살림에 보탠다. 아내는 곧 셋째아이의 출산을 앞두고 있다. 아이가 태어나면 늘어날 생활비가 걱정이다. 겐조는 생계 때문에 친구들과의 사교도 끊었다. 겐조의 가족 상황이 묘사된 이 소설은 소세키 자신이 실제로 겪었던 체험담이기도 하다. 당시의 심경을 소세키는 수필집에 이렇게 기록하고 있다.

대학에서는 강사로서 연봉 800엔을 받았다. 아이가 많고 집세가 비싸 800엔으로는 도저히 꾸려 나가기 힘들다. 어쩔 수 없이 다른 두세 군데 학교를 뛰어다니며 간신히 하루하루를 넘겼다. 그 어떤 소세키도 이렇듯 분주하여 지칠 대로 지치면 신경쇠약에 걸리기 마련이다.(『유리문 안에서』, 117쪽)

겐조도 신경쇠약에 걸릴 지경이다. 그는 짜증을 견딜 수 없어서 화분을 걷어차면서 "내 책임이 아니야"를 읊조린다. 엎친 데 덮치는 게 인생이라 했던가. 그의 앞에 어릴 때 자신을 키워 줬던 양아버지가 나타난다. 양아버지 시마다는 노인이 되어 있었다. 그는 겐조를 찾아와서 돈을 달라고 조른다. 점점 액수가 늘어난다. 시마다는 다시 부모 자식의 연을 맺고 늙은 자신을 부양해 달라고 한다. 겐조가 안 된다고 거절하자 시마다는 대신 큰 액수의 목돈을 달라고 요구한다.

경쟁이라도 하듯이 양어머니도 찾아온다. 산 넘어 산이다. 시골 노파의 행색이 완연한 양어머니는 송구해하며 공손하게 고개를 숙인다. 그 모습을 보는 겐조의 마음은 불편하다. 양어머니가 찾아올 때마다 "실례지만 인력거라도 타고 가시지요" 하며 5엔짜리 지폐를 건네준다. 엄밀히 말해 겐조에게는 양부모에게 갚아야 할 빚이 없다. 호적을 되가져 오면서 겐조를 키워 주었던 양육비를 충분히 갚았던 것이다. 인연을 끊는 조건으로 증서도 교환했다. 겐조는 양부모가 성가시지만 박절하게 내치지 못한다. 아내는 처음부터 양부모가 얼씬거리지 못하게 냉정하게 대했어야 한다고 그를 질타한다. 아내가 잔소리를 하면 겐조는 버럭 성질을 낸다. 만만한 게 마누라다. "사람의 도리가 그런 게 아니니까…" 겐조는 속으로 우물거린다. 그는 인정머리 없는 사람이 되고 싶지 않다. 자신도 쪼들리면서 결국은 다 도와준다. 형, 누나, 매형, 장인어른에 양아버지, 양어머니… 사방에서 돈을 달라고 조른다. 한마디로 겐조는 뻥 뜯기는 남자다.

그에게는 친부모에 대한 기억도 좋지 않다. 자식이 많았던 친아버지에게 겐조는 조그마한 방해물에 지나지 않았다. 친아버지는 나중에 신세를 질 장남이라면 모를까 다른 자식에게는 한 푼이라도 돈을 쓰는 걸 아까워했다. 양부모에게 겐조를 맡길 때 친아버지는 싱글벙글 웃었다. 어쩔 수 없이 겐조를 다시 거두게 되자 친아버지는 애물단지를 떠맡은 듯 무뚝뚝하게 굴었다. 겐조는 친부모든 양부모든 보상을 바라고서 애정을 베푸는 걸 보고 정나미가 떨어졌다. 딱 잘라서 거절하면 되지 왜 애매한 태도를 취하는 걸까 의아하게 여기는 독자도 있겠다. 겐조는 인연을 끊으려면 언제든 끊을 수 있다고 큰소리를 친다. 그럴 리가. 그는 모질게 인연을 끊지 못할 것이다. 왜? "떨어져 있으면 아무리 친해도 그것으로 끝나는 대신 함께 있기만 하면 설사 원수지간이라도 그럭저럭 살아가는 법이지. 결국 그게 사람일 거야."(『한눈팔기』, 송태욱 옮김, 현암사, 2016, 187쪽) 겐조의 말대로 바로 그게 가족이기 때문이다.

3. 작가의 탄생

마침내 겐조는 원고지 앞에서 펜을 든다. 원고료를 벌어 양아버지에게 목돈을 주기 위해서다.

> 건강이 점차 나빠지고 있다는 불쾌한 사실을 알면서도 거기에 주의를 기울이지 않고 그는 맹렬하게 일했다. 마치 자신의 몸에 반항이라도 하는 것처럼, 마치 자신의 위생을 학대라도 하는 것처럼, 또한 자신의 병에 복수라도 하는 것처럼. 그는 피에 굶주렸다. 게다가 남을 도륙할 수 없기 때문에 어쩔 수 없이 자신의 피를 빨며 만족했다.
>
> 예정한 매수를 다 썼을 때 그는 펜을 던지고 다다미 위에 쓰러졌다.
>
> "아아, 아아!"

그는 짐승처럼 소리를 질렀다.(『한눈팔기』, 283쪽)

피를 쥐어 짜내듯이 글을 쓰고 바닥에 쓰러져서 짐승처럼 신음하는 소리가 처절하다. 글을 쓰는 고통이 생생하게 전해진다. 바로 이 장면이 『나는 고양이로소이다』가 탄생하는 순간이다. 나쓰메 소세키가 작가로서 첫 발을 내딛는 변곡점이기도 하다. 『나는 고양이로소이다』는 1905년 1월부터 잡지 『호토토기스』(ほととぎす, 두견)에 연재되면서 소세키를 소설가로 변신시켰고 그의 불멸의 대표작이 된다.

소세키는 국비 유학을 2년간 다녀왔으니 그 두 배인 4년 동안 의무적으로 학교에서 근무해야 했다. 의무 연한을 마치자 그는 제국대학교수를 그만두고 아사히신문사에 입사한다. 주변 사람들이 놀랄 만하다. 매년 장편소설을 한 편씩 쓰고 연봉 2400엔을 받는 조건은 대학 강사를 하면서 받았던 연봉에 비하면 파격적인 대우지만 소설이 기계로 찍어 내듯 머릿속에서 무한 생산되는 것도 아니고 대중들에게 지속적으로 인기를 얻을 수 있을지도 불투명한 일이다. 만약 내 자식이나 남편이 국립대학 교수를 그만두고 신문에 연재소설을 쓴다고 하면 환영할 사람이 있을까?

소세키의 선택은 무모해 보일 정도로 획기적이다. 하지만 학교를 그만두자 그는 숨통이 트였고 난생처음 경험하는 신선한 공기가 폐 속에 들어온 것 같았다고 말했다. 소세키는 영국 유학을 다녀와서 10년을 작정하고 일본 고유의 문학론을 쓰고 싶었지만 생계 때문에 서둘러서 2년 만에 저술을 마무리했다. 영문학에 회의를 느끼면서도 밥벌이를 위해서 영문학을 가르쳐야 했다. 신경쇠약을 가중시키는 노동이었다. 그는 드디어 소설가로 변신했다. 가족으로 인한 생활고의 압박이 그의 글 쓰는 재능을 촉발시켰으니 이 또한 인생의 아이러니라 하겠다.

소세키는 맹렬하게 소설을 써 내려갔다. 훗날 소세키의 아내가 쓴 회고록에 따르면 그는 남양진주조개로 만든 펜대로 글을 썼는데 손가락이 닿는 부분이 닳아서 둥그스름하게 패어 있었다고 한다(나쓰메 교코, 『나쓰메 소세키, 추억』, 송태욱 옮김, 현암사, 2016, 168쪽). 단단한 펜대가 팰 정도였으니 손가락에는 얼마나 굳은살이 박였을지 상상이 된다. 소세키는 뭔가 쓰지 않으면 살아 있음을 느끼지 못했다. 그에게 문예 저술을 생명으로 삼는 소설가보다 명예로운 직업은 없었다. 소세키는 문학을 창조하는 일에서 삶의 의미를 찾은 것으로 보인다. 괴로움의 극한까지 내려갔을 때 자신이 원하는 일을 찾아내서 용기 있게 도전하는 경험담이 진한 감동으로 다가온다.

소세키의 소설은 이해관계에 얽힌 인간의 감정을 신랄하게 묘사하고 있다. 천륜으로 맺어진 부모일지라도 속내에는 자식을 잠재적인 노후대책으로 삼고 투자하고 있는 잔혹한 진실을 드러낸다. 작품 속 인물들은 인간으로서의 도리와 개인주의 사이에서 갈등하는 경계인이다. 그들은 전통적인 효의 의무에 대해 환멸의 감정을 느끼지만 철저하게 자기 실속을 차리는 개인주의자가 되기엔 너무 무르다. 환멸과 연민이 교차할 때 신경이 갈가리 찢긴다. 전통적 가치와 개인주의가 부딪치며 생기는 균열이다. 도의와 욕망 사이에서 흔들리는 인물은 소세키의 다른 작품에서도 전형적인 인간상으로 나타난다.

오늘날 우리도 소세키 소설의 인간상과 비슷한 갈등을 겪고 있다. 부모자식 사이도, 부부 사이도, 연인 사이도 화폐관계로 대체된 사회가 되었다지만 수천 년 동안 내면화되어 온 인의와 충효라는 유교적 가치관으로부터 누구도 자유롭지 못하다.

나도 친정아버지가 돌아가신 후 어머니를 부양하는 문제로 적잖이 고민을 했다. 어머니는 너무나도 영민하고 통이 큰 사람이었는데 홀로 되자 믿을 수 없이 연약한 노인으로 변했다. 아직 환갑도 되지 않은 나이였건만 매년 큰 수술을 받을 만큼 병치레가 이어졌다. 큰남동생이 어머니를 모시고 살았는데 5년 내내 부부 사이에 분란이 끊이지 않았다. 작은동생 집으로 거처를 옮겼더니 5년 만에 작은올케가 우울증에 걸리고 말았다. 그래도 어머니는 혼자 살 용기를 내지 못했고 자식에게 부양받지 못하는 걸 인생의 실패로 여겼다.

　어쩔 수 없이 어머니는 멀리 대구로 시집간 딸네 집에 와서 살게 된다. 내가 아무리 괜찮다고 말해도 어머니는 아들이 둘씩이나 있는데 딸에게 신세를 지는 걸 죽을죄를 진 양 낯부끄럽게 여겼다. 어머니는 우리 집에서 5년을 살다가 임종을 맞았다. 장례식에 온 친척들은 사위가 임종을 지켰다고 무던하다고 칭송했다. 어머니가 돌아가시자 두 남동생은 기다렸다는 듯이 이혼도장을 찍었다. 어머니 살아생전 이혼하는 꼴을 보여 주는 게 불효라고 생각하고 참고 살았던 모양이다. 이제라도 부부끼리 알콩달콩 살기에는 어지간히 환부가 곪아 버린 후였다. 어머니에 대한 효도가 두 가족을 해체시켜 버리는 혹독한 비용을 치른 셈이다.

　인간은 혈연과 혼인으로 맺어진 그물망 위에 위치한 존재이다. 가족은 자신을 보호해 주는 울타리이면서 동시에 자신을 구속하는 족쇄라는 양면성을 가지고 있다. 가족은 한 사람의 인생에 결정적인 영향을 미치며 일상을 지배한다. 어느 모임을 가든지 가족으로 인한 고민거리가 넘쳐난다. 남편 때문에 속상한 얘기, 시부모 때문에 울화 쌓이는 얘기, 병든 부모에 대한 걱정과 자식들의 진로 고민 등 처음 보는 사이라도 5분 안에 공통점을 찾아 내서 이야기를 나눌 수 있다.

　핵가족으로 분절된 산업사회라고 해서 가족 문제가 가벼워진 것 같지도 않다. 노인 부양 문제는 대가족 제도였을 때는 여러 가족구성원이 짐을 나눠 질 수 있었지만 핵가족화되면서 개인이 오롯이 부담해야 한다. 가족에 대한 도리를 다할 것인가, 내 인생을 내 마음대로 살아갈 것인가 간단하게 분리할 수가 없다. 이 소설을 보면 가족이라는 무게에도 불구하고 그 속에서 자신이 원하는 삶을 구성해 가는 역량을 찾아낼 수 있는가가 우리에게 엄숙한 숙제로 다가온다.

그 후

—

それから

—

노동은
인간의 의무일까?

1. 돈을 벌지 않는 것은 죄악인가

———————

소설 『그 후』(それから; 『아사히신문』 1909년 6월~10월 연재)의 배경은 1900년대 초의 도쿄다. 이제 막 도입된 근대 자본주의가 눈이 핑핑 돌아갈 정도로 빠르게 도시의 풍경을 바꿔 놓고 있다. 주인공 다이스케는 도쿄에 살고 있는 청년이다. 그는 대학이 흔하지 않던 개화기에 대학을 졸업한 엘리트이다. 얼마든지 원하는 직업을 얻어서 돈을 잘 벌 수 있는 능력과 조건을 갖췄다. 다이스케는 몸도 건강하고 자기 용모에 긍지를 가지고 있는 멋쟁이다. 승승장구하는 사업가 아버지와 형님을 두었으니 집안도 빵빵하다. 무엇 하나 남부러울 게 없는 촉망받는 신세대 청년이다.

　문제는 다이스케가 일을 하지 않는다는 것이다. 그는 종일 서재에서 책을 읽거나 예술에 탐닉하며 소일한다. 고상한 취미를 누리며 게으름을 피우는 고급 룸펜이다. 생활비는 매달 아버지에게 용돈을 받아서 해결한다. 그는 30세가 되도록 결혼도 안 하고, 취직도 안 하고, 연애도 하지 않는다. 요즘 '삼포세대'라고 불리는 한국사회의 청년들과 흡사한 모습이다. 차이가 있다면 결혼도, 취업도, 연애도 '못하는' 불우한 백수가 아니라 '안 하는' 자발적인 백수다. 그는 취직할 생각이 없다. 취직하려는 노력도 하지 않는다. 다이스케의 아버지는 한량처럼 놀고먹는 아들을 꾸짖는다.

"인간은 자기 자신만을 생각해서는 안 된다. 세상도 생각해야한다. 국가도 있다. 조금이라도 다른 존재를 위해 무엇인가를 하지 않으면 마음이 편치 않은 법이다. 너 역시 그렇게 빈둥대며 놀고 있다는 사실이 편치 않을 테지. 교육도 받지 못한 아랫것들이라면 몰라도. 최고의 교육을 받은 사람이 놀고먹으면서기분이 좋을 리 없겠지. 배운 것은 실제로 써먹어야 의미가 있는 일이니까."(『그 후』, 노재명 옮김, 현암사, 2014, 47쪽)

다이스케의 아버지는 메이지유신의 흐름을 타고 운 좋게 사업으로 돈을 번 신흥부르주아이다. 아들이 일을 하지 않아도 먹고살 만큼 집안에 돈이 많다. 그럼에도 아버지는 사람이라면 세상을 위해 노동을 해야 한다는 신념을 가지고 있다. 모름지기 청년이라면 성실성과 열정을 가져야 하고 교육받은 사람이라면 더욱 더 국가를 생각해서 일해야 한다고 열변을 토한다. 노동을 해야 하는 명분이 매우 원대하다. 그 저변에는 노동은 국가와 사회에 대한 의무라는 가치관이 깔려 있다.

우리도 익히 듣던 말이다. 나 역시 놀고먹는 것은 죄악이라는 말을 들으며 자란 산업화 세대다. 자기 밥그릇은 자기가 책임져야한다는 말을 귀에 못이 박히게 들었다. 놀면서 부모에게 용돈을얻어 쓰면 밥값을 못하는 식충이 취급을 받았다. 우리는 "타고난

저마다의 소질을 계발하여" 국가에 이바지하라는 국민교육헌장을 외우며 자랐고 나라의 일꾼이 되었다. 목구멍이 포도청이기도 했지만 나는 노동을 누구나 당연히 해야 하는 의무로 생각했다. 아닌 게 아니라 우리나라 헌법에도 노동은 국민의 4대 의무 안에 속한다. 생각해 보면 노동이 개인의 자유가 아니라 의무라는 사실이 어리둥절하지 않은가. 최근 '워라벨'이라는 신조어가 유행하고 있다. 노동(work)과 삶(life)의 균형(balance)을 추구해야 한다는 말이다. 이 말은 곧 노동은 삶과 등식이 아니라는 것을 반증한다. 삶과 대립각에 있는 노동이 어쩌다 모든 인간의 의무가 된 것일까? 노동하는 삶만이 의미 있는 삶이라는 생각은 정당한가. 이 소설에서 소세키는 인간에게 노동은 무엇인가라는 질문을 던지고 있다. 노동은 과연 근대국가가 국민에게 부여하는 의무인가? 아니면 자신의 신념에 따라 해도 되고 안 해도 되는 삶의 방편일까?

2. 떳떳한 백수의 논리

자본주의 사회에서 노동하지 않는 인간은 존재 가치를 인정받지 못한다. 잉여가치를 생산해 내는 사람만이 성공한 사람으로 평가된다. 자본주의는 이윤을 만들어 낼 때만 굴러가기 때문이다. 근대국가와 노동과 자본주의는 3종세트로 구성되어서 돌아간다. 따라서 노동은 국민으로서의 당연한 의무가 된다. 더 많이 이익을 증식시키는 사람만이 국가와 사회에 기여하는 사람이라는 이데올로기가 사회를 잠식하고 있다. 그러고 보면 다이스케의 아버지는 재빨리 근대사회의 시류를 파악하고 잘 적응한 인물이다.

여기에 대응하는 다이스케의 논리는 무엇일까? 그에게는 나름 뚜렷한 명분이 있다. 생존을 위한 노동은 불가피하다. 하지만 단지 생존하기 위해서만 일을 한다면, 그런 삶을 가치 있다고 인정할 수가 없다. '저녁이 있는 삶'이라는 문구에 가슴이 뭉클해진 경험이 있는 샐러리맨이라면 이 말에 쉽게 공감할 것이다. 더 많은 연봉과 승진을 바라며 일하면서 가치 있는 노동에 복무하고 있다고 느끼는 사람이 얼마나 될까. 퇴근 후 자신을 위해 보내는 시간이나 가족이나 친구와 함께 지낼 여유도 없이 일상을 돈벌이에 바쳐야 한다면 노동을 신성하다고 말하기는 어렵다.

다이스케는 생존에 지장이 없는데 굳이 자기까지 나서서 돈을 벌어야 하냐고 반론을 펼친다. 돈은 많이 벌수록 좋다는 통념이 무색해진다. 그즈음 일본제당이 국회의원을 매수하기 위해 뇌물을 준 사건이 신문에 폭로된다. 정경유착과 부정부패가 만연한 사회다. 아버지의 사업도 부정의 연결고리 안에 얽혀 있는 것 같은 구린 냄새를 풍긴다. 그는 취직을 하지 않음으로써 맹목적으로 돈을 버는 이전투구에 대해 소극적인 반항을 하고 있다.

다이스케는 자신을 "직업에 의해 더럽혀지지 않은 인간"이라고 생각하고 있다. "지금 당장 부족한 게 없는데 뭣하러 그런 무의미한 경험을 하겠나? (……) 빵을 떠나고 물을 떠나서 고상한 경험을 해보지 않는다면 인간으로 태어난 보람이 없지"(『그 후』, 34쪽)라면서 취직을 하느니 정신적으로 고귀한 활동을 즐기겠다고 한다. 다이스케는 자면서도 동백꽃 한 송이가 다다미 위로 떨어지는 소리를 들을 만큼 섬세한 감각의 소유자다. 그에게는 아름다운 음악에 심취하거나 사람들의 발길이 끊긴 밤에, 벚꽃놀이를 하면서 예술적 감각을 음미하는 일이 돈벌이로 연명하는 것보다 의미가 있다.

그가 내세우는 백수의 논리가 곱게 자란 도련님의 배부른 궤변으로 들리는가. 자본주의적 가치 기준으로 보면 그는 비정상의 범주로 분류되는 문제적 인물이 맞다. 부모에게 기생하면서 놀고먹는 룸펜은 사회적으로 불편한 존재이다. 국민소득 얼마, GDP 얼마라는 수치로 국가의 지위와 행복지수를 평가하는 시대에 역행하기 때문이다. 자본주의 사회가 되기 위해서는 산업기술의 발전만 필요한 게 아니었다. 먼저 돈에 대한 인식이 달라져야 했다. 근대가 되면 중세와 달리 돈을 버는 것이 죄악이 아니라는 생각이 등장한다. 부자가 천국에 들어가기는 낙타가 바늘귀를 통과하기보다 어렵다든가 황금 보기를 돌같이 하라는 식의 윤리는 낡은 유물이 되었다. 돈은 과시용 부를 넘어서 가치증식을 위해 투자해야 하는 자본이 되었다. 돈을 번 신흥세력들이 부르주아 계급을 형성하고 나머지는 노동자 계급으로 재편되면서 전근대의 신분제도가 해체된다. 푸코가 대감호의 시대라고 불렀던 17~18세기가 되면 노동을 하지 않는 부랑자는 광인과 동격으로 취급되어 감호소에 감금된다. 일을 하지 않으면 사회질서를 위협하는 위험인물로 여기는 시대가 된 것이다. 자본주의 사회는 화폐로 환산되는 노동을 인간을 평가하는 절대가치로 등극시킨다.

친구들도 다이스케의 게으름을 질책한다. 그가 아버지 덕분에 금수저로 편안하게 사는 것을 질시하고 증오하는 기색마저 보인다. 다이스케는 자신이 일하지 않는 이유를 설명한다. "왜 일하지 않느냐고? 그건 내 탓이 아니야. 즉 세상 탓이지. 좀 더 과장해서 말하자면 일본과 서양의 관계에 문제가 있어서 일하지 않는 거네."(『그 후』, 104쪽)

（히라오카의 집은—인용자） 도쿄가 볼품없이 팽창하자 그 틈을 노려 돈도 별로 없는 자본가가 얼마 되지 않는 원금을 투자해서 2할에서 3할의 높은 이자를 받아낼 속셈으로 조밀하게 지은 생존경쟁의 기념물이라고나 할까.

오늘날의 도쿄, 특히 변두리 지역에는 가는 곳마다 그런 집들이 산재해 있을 뿐 아니라 장마철의 벼룩처럼 하루가 다르게 엄청난 속도로 늘어나고 있다. 다이스케는 과거 그런 현상을 '패망으로 나아가는 발전'이라고 이름 붙였다. 그것은 작금의 일본을 가장 대표하는 상징물이었다.(『그 후』, 96쪽)

경제성장을 몰아붙이던 일본 도쿄의 그늘진 모습이다. 우리나라에서 6,70년대 산업화가 한창일 때 대도시에 몰려든 사람들이 살던, 날림으로 지어진 작은 집들이 게딱지처럼 모여 있었던 산동네가 연상되는 장면이다. 다이스케는 무리하게 외채를 빌려 산업개발을 추구하는 일본을 비판한다. 일본은 선진국을 뒤따라잡으려고 죽기 살기로 달려가고 있다. 마치 소와 경쟁하다가 곧 배가 터져 버릴 것 같은 개구리처럼 보인다. 그 과정에서 개인은 혹사를 당하고 신경쇠약에 걸릴 지경으로 피로하다. 나쓰메 소세키는 다이스케라는 캐릭터를 통해서 무비판적으로 서양을 답습하려는 일본의 전력질주에 우려를 표명한다.

현대 일본의 개화는 (……) 외발적이라는 것입니다. (……) 서양의 개화는 '행운유수'(行雲流水)처럼 자연스럽게 나타나고 있지만 메이지유신 후 외국과 교섭한 이후의 일본의 개화는 사정이 매우 다릅니다. (……) 지금까지 내발적으로 전개되어 온 것이 갑자기 자기본위의 능력을 잃고 외부의 힘에 눌리고 눌려서 좋든 싫든 간에 그대로 하지 않으면 일어설 수 없는 듯한 모양이 된 것입니다.(『나의 개인주의 외』, 97쪽)

이것이 소세키가 줄곧 자기본위의 속도로 살아가는 개인주의를 강조하는 이유이다. 사회의 내재적인 발전 조건과 성숙도에 맞춰 중심을 지탱하지 않으면 다른 나라의 속도에 휩쓸려가다가 피폐해진다. 다이스케의 노동관에는 획일화된 국가주의에 대항하는 소신이 있다. 그는 직업에 의해 타락하지 않기 위해 임금노동자로 편입되기를 거부하고 있는 중이다.

3. 사랑과 돈의 함수관계

다이스케가 아버지와 불화하는 또 하나의 지점은 결혼이다. 아버지는 아무래도 아들이 취직할 것 같지 않자 혼사를 서두른다. 재산을 안전하게 불리기 위해서는 유력한 가문과 결혼시키는 게 최선이다. 그는 자신의 사업에 도움이 될 만한 부잣집 규수와 아들의 혼담을 주선한다. 여러모로 보아 아들 자체가 최고급 상품이다. 다이스케는 노골적인 정략결혼에 팔려 가고 싶지 않다. 그는 번번이 신붓감이 마음에 들지 않는다고 퇴짜를 놓는다. 돈과 결혼, 그로 인한 가족과의 불화, 100년 전이나 지금이나 무한 복제되는 상투적인 갈등이다.

소세키 소설의 기본 구조는 남녀의 애정관계를 뼈대로 하고 있다. 그 뼈대에 살을 입혀 주는 것은 돈이다. 소세키의 소설에는 반드시 돈에 얽힌 사건이 나온다. 돈을 빌려주거나, 돈을 얻어 쓰거나, 돈을 떼이는 사건이 전개된다. 돈에 의해 인물 캐릭터가 설정되고 인간관계도 얽힌다. 돈이 돌고 도는 과정에서 가족관계도, 친구관계도, 연인관계도 달라진다. 이토록 돈과 사랑의 함수관계에 대해 적나라하게 파고드는 작가가 있을까? 돈과 사랑이 부딪치는 격랑을 사실적으로 보여 주는 작품을 고르라면 서슴없이 『그 후』를 추천하겠다.

그러던 어느 날 다이스케에게 일생일대의 변곡점이 되는 사건이 닥친다. 대학 시절에 친하게 지냈던 친구가 그를 찾아온다. 친구는 졸업 후 결혼을 했고, 은행에 취직해서 교토로 이사를 갔다. 4년 만에 다시 만난 친구는 실직을 했고, 아이는 낳자마자 죽었고 아내도 병들었다. 친구는 다이스케에게 돈을 빌려 달라며 취직자리를 부탁한다. 사실 친구의 부인 미치요는 대학 시절에 다이스케가 좋아하던 여자였다. 그때 다이스케는 속으로 연모하던 여자를 친구가 좋아한다는 사실을 알고 순순히 물러났다. 그것이 친구에 대한 의리라고 생각했던 것이다. 한 술 더 떠서 다이스케는 두 사람의 결혼이 성사되도록 적극 도와주기까지 했다. 우정과 의리라는 도의적 명분에 사로잡힌 그는 그녀를 좋아하고 있던 속마음을 감추었던 것이다. 어쭙잖은 이타주의 때문에 다이스케는 사랑을 잃었다.

내가 소세키의 여러 소설들에서 발견한 공통점은 주연이든 조연이든 애정의 삼각관계에 얽혀서 지지고 볶는다는 점이다. 남녀상열지사라는 통속적 소재만으로도 재미있기 마련인데 삼각관계에 치정멜로라니 흥미진진하다. 옛 친구의 아내가 된 여자와의 재회가 스토리를 촉발시킨다. 사건의 발단은 돈이다. 친구 부부에게 돈이 있었다면 다이스케와 다시 만나지 않았을지도 모른다. 미치요가 다이스케의 집에 돈을 빌리러 온다. 두 남녀의 재회 장면은 매우 탐미적으로 묘사되어 있다. 그녀는 흰 백합 세 송이를 들고 온다. 옛날에 다이스케가 그녀의 집을 방문했을 때 백합꽃을 들고 갔던 것을 잊지 않고 있다는 암시다. 치명적인 백합꽃 향기가 흩날린다. 급히 걸어온 그녀는 숨을 헐떡인다. 다이스케가 물을 가지러 간 사이를 못 참고 그녀는 은방울꽃이 꽂혀 있던 수반의 물을 마신다. 그가 놀라서 꽃병 물을 마시면 어떻게 하냐고 묻자 그녀는 "괜찮아요. 향기도 난 걸요" 하고 대답한다. 창백

했던 그녀의 뺨에 화색이 돈다. "다이스케는 오랜만에 자신을 되찾은 듯한 기분이 들었다."(『그 후』, 168쪽)

곤경에 처해 있는 여자의 가녀린 모습이 그를 자극한다. 다이스케가 보기에 남편인 친구는 미치요를 사랑하지도 않고 가정에 충실하지도 않다. 다이스케는 그녀를 갖고 싶은 열정에 휩싸인다. 미적지근했던 삼각관계는 뜨거운 기운으로 치닫는다. 그는 딜레마에 봉착했다. 자연의 아이가 될 것인가, 의지의 인간이 될 것인가. 여기서 재미있는 논리가 전개된다. 성리학적 관점에서 보면 자연은 곧 하늘이다. 하늘의 뜻은 사사로운 정념과 격정을 잘 다스려서 도덕적 인간상을 구현하는 것이다. 욕망을 제어해서 천리와 인간의 본성을 일치시키는 존천리거인욕(存天理去人欲)이 유교사회의 엄격한 도덕률이다.

하지만 다이스케가 생각하는 자연의 아이는 자신의 욕망에 솔직한 것이고, 의지의 인간은 이성으로 욕망을 억누르는 것이다. 하늘의 뜻을 따르려면 자연이 시키는 대로 자신의 정념을 인정해야 한다. 다이스케는 자신의 감정을 존중하고 따르는 것이 더 자연스럽고 진실한 자기윤리라고 생각한다. 이 대목에서 근대인의 인식의 틀이 달라졌다는 것을 엿볼 수 있다.

다이스케는 친구를 이혼시키고 미치요와 결혼하고 싶다. 열정의 대가로 도덕과 규범이 처벌하는 칼날 위에 올라서야 한다.

그 칼날은 친구의 부인을 가로챈 배신자, 불륜남이라는 낙인을 영혼 깊숙이 새길 것이다. 그러면 아버지와 절연하게 될 테고 매달 받아 오던 생활비를 포기해야 한다. 평소 주장했던 떳떳한 백수의 지론도 버려야 한다. 만일 이성으로 정념을 억제하고 아버지가 권하는 가문의 여자와 결혼하면 돈 걱정 없이 편안한 백수 생활을 영위할 수 있다. 단, 애정 없는 결혼을 감수해야 한다. 돈도 사랑도 다 거머쥘 수 있는 선택지는 없다.

이 소설은 욕망과 규범이 서로 다른 방향으로 잡아당기는 힘에 의해 찢겨지는 인간의 내면을 세밀하게 드러내 보인다. 욕망에 충실한 자기본위의 삶은 죄의식과 충돌하고, 도덕에 따르는 타인본위의 삶은 공허하다. 다이스케는 결심한다. 그래, 하늘의 뜻을 따르자. 패륜이라도 좋다. 아버지가 호적에서 파 버려도 좋다. 그는 도의니 가족이니 하는 모든 명분을 벗어던진다. 자기 감정과 욕망에 충실한 개인주의를 선택한 후 다이스케의 삶은 어떻게 달라질 것인가.

4. 불꽃이 튀는 삶의 에너지

아들이 친구의 부인과 사달이 났다는 걸 알게 된 아버지는 분노

했다. 아니나 다를까, 당장 경제적 지원을 끊어 버린다. 하라는 취직은 안 하고 유부녀와 놀아나다니, 그 아버지가 얼마나 속상하고 답답할지 이해가 안 가는 건 아니다. 다이스케는 사랑을 선택한 순간 빵과의 싸움이 절실하게 다가온다. 백수는 끝났다. 그는 "뭔가를 하지 않고서는 견딜 수 없는 심리 상태가 되어" 거리를 나선다. 새하얀 백합꽃과 창백한 그녀의 뺨으로 상징되던 세상은 활기찬 생명력으로 점화된다. 빨간 우체통, 빨간 양산, 빨간 풍선, 빨간 간판, 빨간 전차… 세상은 빨갛게 타오른다. 머릿속이 다 타버릴 때까지 계속 전차를 타고 가겠노라고… 다이스케가 노동전선에 뛰어들기 위해 집을 나서면서 소설은 끝난다.

이 작품의 주제는 온갖 고난을 물리치고 쟁취한 사랑으로 보이지 않는다. 사랑보다는 노동을 둘러싼 화폐관계에 무게중심이 쏠려 있다. 고급 백수를 자청하는 그에게는 누가 뭐래도 자기 신념대로 살겠다고 고집하는 자존심이랄까 시대에 휩쓸려 가지 않으려고 버티는 대립의식이 느껴진다. 소세키의 소설 속 주인공들이 대개 내면의 자의식과 싸우느라 답답한 캐릭터인 데 반해 다이스케는 보기 드물게 자기 의지대로 결단하고 행동하는 인물이다. 책만 읽던 다이스케가 인력거를 끌겠는가, 밑천이 있어서 장사를 하겠는가. 어쩔 수 없이 자본주의 체제를 굴러가게 하는 노동자로 편입되었을 것이다. 하지만 지금부터의 노동은 자율적인 선택이다. 다른 사람의 강요에 의해 억지로 하는 노동과는 다르다. 다이스케가 노동자로 바뀐 것은 타자와의 만남에서 불꽃이 튀었기 때문이다. 치열한 만남에 의해 자기도 예상치 못했던 다른 모습이 발현된다. 소설책을 덮으면서 나는 그가 불꽃이 튀는 에너지로 자기본위를 잃지 않고 노동하며 살아가기를 바랐다. 다소 낭만적인 기대라는 걸 알면서도.

나쓰메 소세키는 자본주의가 노동을 소외시키고 인간 정신을 타락시킨다고 말한다. 자본주의 생산양식의 특징은 분업이다. 생산성과 효율성을 위해 생산 공정이 극도로 분절되고 파편화되었다. 전체적 과정을 기획하고 책임지는 장인정신은 사라지고 개인은 각자 한정된 노동 영역에서 고립된다. 인간은 하나의 부품처럼 소모되면서 자신의 노동에서 소외되고 정신적으로나 신체적으로 쇠약해진다. 소세키는 '영혼이 없는 노동'으로 전락시키는 사회구조에 대해 문제를 제기하고 있다.

나는 정규직으로 30년 넘게 일했다. 천국이 있다면 월요병이 없는 세상일 거라고 생각하곤 했다. 왜 전문적인 일에 종사하면서도 보람을 느끼거나 자아실현을 했다고 자부하기가 어려웠을까. 소세키의 말대로 나는 노동의 소외현상을 겪은 건지도 모른다. 그나마 내가 오랫동안 직장생활을 할 수 있었던 것은 사회적 소속감을 중요시했기 때문이다. 나는 사회적 관계 속에서 자기 존재가치를 재확인할 때 노동이 의미있게 된다고 생각한다. 자신의 본성에 맞는 노동을 자율적으로 하면서 타자와의 관계망에서 삶의 에너지를 생성할 수 있다면 작히 좋으랴.

4차 산업혁명으로 인해 머지않아 인공지능이 인간의 노동을 대신하고 직업의 절반이 사라진다고 한다. 어떤 직업이 새로 생길지 상상하기 어려우니 지금의 일자리를 잃을 거라는 걱정만 늘어난다. 빅데이터와 블록체인기술, 인공지능 등으로 인해 산업지반이 바뀌면 노동의 양태도 변하고 삶의 질도 달라질 것이다. 종전에 가지고 있던 노동에 대한 인식의 패러다임도 바뀌지 않으면 안 된다. 노동이 삶의 전부가 아닌 다른 상상력으로 일상을 채워 나가야 할 것이다.

아무튼 욕망과 도덕이 충돌할 때, 자신의 마음속 깊은 울림에 귀 기울였던 남녀는 어떻게 되었을까? '그 후'의 이야기는 소설『문』과『마음』으로 이어진다. 세 권의 소설은 주인공의 이름은 물론 상황 설정도 약간씩 다르지만 비슷한 정념의 사건이라는 점에서 연속적인 동일선상에 있다. 그녀를 선택한 후 무엇이 기다리고 있을지 '그 후'의 이야기는 다음 편에 계속된다.

문

門

죄의식에서
자신을 구원하는 길은?

1. 과거에 붙들린 사람들

_____

우리가 살면서 하는 걱정의 태반은 이미 지나간 일이거나 어쩌면 일어나지도 않을 일이라는 말이 있다. 나는 전적으로 이 말에 동의하는 사람이다. 돌이켜보면 안 해도 괜찮았을 잔걱정을 하느라 수없이 잠이 토막 난 밤을 보냈다. 걱정도 팔자라고 저 멀리 남태평양에 태풍이 분다는 뉴스만 들어도 미리 지붕 위에 올라가 자기 집 기와를 살필 사람이라는 핀잔을 들었으니 혈액형으로 치면 트리플 A형이 분명하다. 소심한 성격인 만큼 지난날에 대한 회한도 많다. 과거의 편린들이 시간을 거슬러 와 현재의 생활 기반을 어지럽히지 않을까 두려울 때도 있다.

비단 성격 탓만은 아닐 것이다. 아무리 기술문명이 발달해도 인간이 마음대로 할 수 없는 한 가지가 있다면 그것은 시간이다. 다가올 미래의 시간은 우연성이라는 괴력으로 우리를 희롱하고, 지나간 과거의 시간은 필연성이라는 사슬을 가지고 우리를 압박한다. 일분일초도 시간을 되돌릴 수 없으면서 우리는 지나간 과거에 붙들린다. 망각하지도 못하고 합리화하지도 못하는 과거가 현실의 발목을 잡는다. 여기, 시간의 굴레로 인해 몸부림치는 사람이 있다. 소심한 그를 보면 동질감을 넘어 마음이 짠해진다. 지금부터 과거에 갇힌 자의 고뇌의 문을 열어 보자.

『문』(門; 『아사히신문』 1910년 3월~6월 연재)은 『그 후』의 후속작에 해당하는 소설이다. 『그 후』가 친구의 여자에게 끌려 마음이 흔들리는 과정을 보여 준다면 『문』은 사회적 규범을 거슬러 정념을 택했던 그들의 결혼 생활을 보여 준다. 이어지는 후속작 『마음』은 그로부터 세월이 한참 지나 노년기의 소실점에 이르기까지의 행로를 따라간다. 흔히 소세키의 3부작으로 『산시로』, 『그 후』, 『문』을 꼽지만 스토리라인의 연결로 보면 『그 후』, 『문』, 『마음』을 3부작으로 치는 게 맥락상 더 일관성이 있다. 세 작품은 공히 사랑 때문에 도의를 저버렸다는 비난 속에서 양심의 가책을 안고 살아가는 사람들을 다루고 있다. 나쓰메 소세키는 죄의식이라는 윤리적 형벌을 내면화한 사람들의 마음의 흐름을 추적한다. 도덕과 규범의 선을 넘었던 그들 앞에 생은 어떻게 펼쳐졌을까.

소스케와 오요네, 그들은 결혼한 지 6년차 되는 금실 좋은 부부다. 한창 깨가 쏟아질 만한 젊은 부부이건만 이상하게 집안 분위기는 적막하기 짝이 없다. 전차 종점에서 20분이나 걸어가야 하는 고지대 절벽 아래에서 셋방살이를 하고 있는 모습이 마치 세상 끝에 다다른 사람들 같다. 소스케는 대학을 중퇴하고 관청에서 일한다. 늘 피곤에 지쳐 있는 그는 일요일에 늦잠 자는 것을 유일한 낙으로 삼고 있다. 그는 내년에 월급이 얼마나 오를까 기대하기보다는 감원을 할 거라는 소문에 걱정부터 앞서는 월급쟁이다. 치통으로 아파도 병원 치료비가 많이 나올까 봐 염려스럽고 비가 오면 구두 밑창에 물이 스며든다. 살림 형편이 스산하다.

3년 만에 소스케를 본 숙모는 놀라서 남편에게 속삭인다. "원래는 저렇게 활기 없는 애가 아니었는데, 너무 까불 정도로 활발했었는데 (……) 지금은 당신보다 더 영감 같아요." 어쩌다 소스케는 급속하게 활기를 잃고 젊은이답지 않은 분위기로 변해 버린 것일까. 소스케는 아버지가 죽으면서 남긴 집을 숙부에게 팔아 달라고 맡겼다. 집이 팔렸다는 소식을 들었지만 그는 숙부를 찾아가지 못한다. 돈을 달라고 할 용기가 없어서 차일피일 미룬다. 숙부에게 동생의 교육을 책임져 달라고 유산으로 받았던 목돈을 맡겼건만 숙부가 죽은 뒤 숙모는 돈이 다 떨어졌다면서 이제부터 학비를 대줄 수 없다고 한다. 동생의 학업이 중단될 곤경에 처했는데도 소스케는 숙모를 찾아가서 집 판 돈을 달라지 못한다. 답답하기 짝이 없다.

그는 왜 이렇게 위축된 태도를 보이는 걸까? 숙부는 "그런 일을 저지르고 폐적될 처지까지 간 녀석이니까 한 푼도 받을 권리가 없다"고 말한다. 소스케는 자기와 같은 '과거를 지닌 자'는 떳떳하게 돈을 요구할 수 없다고 체념한다. 그를 폭삭 늙게 만든 것은 가난이 아니다. 가난은 차라리 소소한 걱정거리에 불과하다. 그는 남들에게 말할 수 없는 비밀을 간직하고 있다. 젊은 날 한때

치정멜로의 주인공이 되었던 과거가 그의 비밀스러운 아픔이다. 그는 과거 때문에 앞으로도 좋은 날을 기대할 권리가 없다고 자조한다. 그는 과거에 붙들린 사람이다.

나쓰메 소세키는 어두운 과거의 구렁텅이로 빠져드는 인간의 내면을 예리하게 파고들어 간다. 예기치 못한 우연의 연속으로 이루어진 과거를 개인이 온전히 책임질 수 있을까? 잘못이 있든 없든 우리는 과거로부터 자유로워질 수 없을까? 작가는 외부를 향해 뻗어 나가지 못하고 내면으로 깊이 빠져들어 가는 자책감과 죄의식에 대해 집요하게 묻는다. 마음의 형벌을 벗어나서 자기구원에 이르는 문은 없는가. 있다면 그 문은 어떻게 열리는가.

2. 죄의식, 자신에게 가하는 형벌

친구의 동거녀를 사랑한 죄, 이것이 소스케가 미래를 저당 잡힌 이유다. 그는 대학 시절 친구의 집을 방문했을 때 오요네를 처음 만났다. 그녀는 친구와 비밀리에 동거하고 있었다. 오요네는 그림자처럼 조용한 여자였다. 그녀는 젊은 여자에게 있을 법한 애교를 전혀 드러내지 않았다. 소스케는 그녀의 차분함이 섣불리 움직이지 않는 눈 때문이라고 생각한다. 유혹의 눈길을 보내지도 않고 흔들림 없이 차분한 여자는 어떻게 소스케와 격정에 휘말리게 되었을까. 그들의 인생을 송두리째 바꿔 놓은 사건은 불과 몇 쪽으로 짤막하게 압축되어 있다. 친구가 열쇠를 맡기러 잠시 옆집에 간 사이 두 사람은 문 앞에서 일상적인 대화를 나눈다.

소스케는 아주 짧았던 그때의 대화를 일일이 떠올릴 때마다 그 하나하나가 거의 무색이라고 해도 좋을 만큼 담박했다는 것을 깨달았다. 그리고 그렇게 투명한 목소리가 어떻게 그렇게 두 사람의 미래를 새빨갛게 뒤덮었는지를 신기하게 여겼다. (……) 그 담백한 대화가 자신들의 역사를 얼마나 짙게 채색했는지 가슴속으로 철저하게 음미하면서 평범한 사건을 중대하게 변화시키는 운명의 힘을 두려워했다.(『문』, 송태욱 옮김, 현암사, 2015, 184쪽)

운명의 장난이라고 해야 하나, 자신도 이해할 수 없는 사건이 벌어졌던 것이다. 두 남녀가 우연히 마주쳐서 불꽃이 튀는 장면에는 윤리나 돈, 가족이나 사회적 체면에 대한 고민조차 끼어들 여지가 없었다. 그저 불가사의한 운명의 힘에 의해 그들은 떠밀려 쓰러졌고 "모래투성이가 된 자신들을 발견"했을 뿐이다. 세상은 그들에게 도덕적 죄를 물었고, 그들은 불길과 같은 낙인을 온몸으로 받았다. 부모를 버리고, 친척을 버리고, 친구도 버렸다. 부부는 여러 지역을 떠돌다가 도쿄에 정착해서 과거를 숨기고 산다. 사람들과의 교류를 의식적으로 피하고 서로만 바라보며 산다.

그토록 고적하고 쓸쓸한 결혼 생활이라니. 그들 부부가 사회에서 고립된 채 서로 부둥켜안고 살아가는 모습을 작가는 절묘하게 묘사했다. "그들은 커다란 수반의 표면에 떨어진 단 두 방울의 기름 같은 것이었다. (……) 물에 튕겨진 힘으로 동그랗게 바싹 달라붙은 결과 떨어질 수 없게 되었다."(『문』, 169쪽) 사회로부터 소외된 두 사람을 보면 측은할 정도로 딱하다. 사람들과 왕래하지 않고 활기찬 웃음소리가 들리지 않는 집, 마치 창살 없는 감옥에 갇힌 죄인들 같다. 그들이 감내하고 있는 고독은 사회가 내린 형벌일까? 스스로 죄의식이라는 형벌을 내리고 자신을 무형의 감옥에 가두는 것은 아닐까?

관습이 억누르는 협소함과 규칙성 속에 처박혀 스스로를 학대했던 인간이 '양심의 가책'을 발명한 자가 되었다. (……) 이와 더불어 인류가 오늘날까지 치유하지 못하고 있는 가장 크고도 무시무시한 병, 즉 인간의 인간에 대한, 자기 자신에 대한 고통이라는 병이 야기되었던 것이다.(니체, 『도덕의 계보』, 김정현 옮김, 책세상, 2002, 432쪽)

니체에 따르면 죄(schuld)라는 개념은 부채(schulden)라는 극히 물질적인 개념에서 유래했다. 사실 어떤 상황에서 불가피하게 죄를 지었으면, 죗값을 치르면 끝난다. 신체형이든 벌금형이든 부채를 갚는 걸로 청산하면 된다. 그런데 인간은 외부적인 형벌을 넘어서 자기의 죄를 영원히 씻을 수 없는 것으로 내면화하기 시작한다. 이것이 니체가 말하는 양심의 가책이다. 양심의 가책을 발명한 인간은 스스로를 학대한다. 사회적 관습과 도덕적 규칙에 따라 자신을 재단하고 노예 상태로 만든다. 현대인은 자기 자신 때문에, 자기 자신에 대해서 고통받고 질병을 앓고 있는 자이다. 죄의식은 외부에서 주어진 객관적인 형벌보다 더 무서운 위력을 발휘한다. 죄의식을 내면화한 인간은 과거의 빚을 청산하지도 못하고 삶을 새롭게 구성할 수도 없다. 양심의 가책으로 무기력해진 나머지 자신을 연민하거나 저주하거나 괴롭힌다.

3. 자신의 힘으로 문을 열어라

죄의식에 사로잡힌 사람이 얼마나 자신을 파괴하는지 오요네를 보면 잘 알 수 있다. 오요네는 세 번이나 아이를 잃었다. 첫째아이는 끼니를 걱정할 만큼 가난했을 때 임신 5개월 만에 유산되었다. 둘째아이는 달을 채우지 못한 채 태어나서 일주일 만에 죽었다. 셋째아이는 탯줄에 감겨 질식 상태로 태어난다. 유산, 조산, 사산의 불행을 거듭 당하자 오요네는 용하다는 점쟁이를 찾아간다. 점쟁이는 오요네의 눈을 똑바로 응시하면서 무시무시한 말을 한다. "당신은 남한테 몹쓸 짓을 한 적이 있어. 그 죄 때문에 벌을 받아서 아기는 절대 못 키워." 오요네는 영원히 아이를 못 낳는다는 점쟁이의 저주를 믿는다. 죄를 지어서 벌을 받는 자신이 부끄러워 남편에게도 고통을 털어놓지 못하고 남몰래 운다.

사실 옛남자를 배신한 일과 아이의 죽음은 아무 관련이 없는 사건이다. 이것을 죄와 저주라는 인과관계로 엮어서 자신의 운명을 구성하는 오요네를 보면 슬프도록 처절하다. 과거에 대한 자의적인 해석은 실제 사건의 인과관계를 왜곡시킨다. 오요네만 이럴까? 우리는 이런 방식으로 과거를 재구성하는 일이 없을까? 인간은 기억과 망상으로 과거의 삶을 인위적으로 재구성한다. 자아라는 견고한 상을 가지고 있기 때문이다. 자의식이 빚어내는 과거가 현재의 자신을 잠식하는 일은 종종 일어난다. 그것이 원망이든 질투든 분노든 자신을 해치는 감정의 늪에 사로잡히게 한다. 그중 가장 치명적인 것은 죄의식, 혹은 양심의 가책이다. "순간의 문턱에서 모든 과거를 잊으면서 정착할 수 없는 사람은 행복이 무엇인지 결코 알지 못할 것이다. 더 나쁜 것은, 그가 결코 다른 사람을 행복하게 해줄 수 없다"(니체, 『반시대적 고찰』, 이진우 옮김, 책세상, 2005, 292쪽)는 니체의 말처럼 과거를 극복할 수 없으면 현재에 단단히 발 딛고 살 수 없다. 자신을 사유하는 방식을 변화시키지 못하면 행복한 삶도 건강한 삶도 불가능하다.

소설은 클라이맥스를 향해 달려간다. 사회적 관계를 단절하고 살던 소스케 부부에게 도둑이 떨어뜨리고 간 물건으로 인해 이웃과 소통할 수 있는 계기가 왔다. 낙천적이고 활기찬 집주인과 친분을 나눌 수 있게 된 것이다. 집주인이 식사 초대를 한다. 드디어 소스케가 사회적 고립에서 벗어나는가 싶었는데 집주인에게서 청천벽력과 같은 말을 듣게 된다. 옛날에 오요네와 동거하던 그 친구도 식사 자리에 올 예정이라고 한다. 물론 집주인은 소스케와 그 친구와의 관계를 모르고 초청한 것이다. 소스케는 질겁하고 불안에 빠진다. 하마터면 옛친구와 마주칠 뻔했다. 묻어 두었던 과거가 들통날 위기에 닥쳤다.

소스케는 우연이 하필 자기같이 약한 사람의 다리를 걸고 넘어뜨리는 것에 화가 난다. 세월이 약이라고 믿었는데, 우연의 힘을 당해 낼 수가 없다. 6년 동안 한 번도 결근계를 내 본 적이 없던 그가 회사에 휴가원을 낸다. 급하니까 절에 가서 마음의 평화를 구한다. 그는 굴속으로 들어가 꼼짝 않고 수행을 하지만 '우물쭈물하지 말고 빨리 이사를 가는 게 상책이 아닐까' 도망칠 궁리만 떠오른다. 종교도 그를 마음의 불안에서 구원해 주지 못한다.

> 자신은 문을 열어 달라고 하기 위해 왔다. 하지만 문지기는 문
> 너머에 있으면서 아무리 두드려도 끝내 코빼기도 비치지 않았
> 다. 다만, "두드려도 소용없다. 혼자 열고 들어오너라" 하는 목
> 소리가 들렸을 뿐이다. (……) 그는 여전히 닫힌 문 앞에 무능
> 하고 무력하게 남겨졌다. (……) 요컨대 그는 문 아래에 옴짝달
> 싹 못하고 서서 해가 지는 것을 기다려야 하는 불행한 사람이
> 었다.(『문』, 252~253쪽)

소스케는 식사 초대를 피함으로써 친구와 마주치는 위기를
모면한다. 요행히 위기가 지나갔을 뿐 앞으로도 불안이 되풀이되
리라는 불길한 예감을 떨칠 수가 없다. 꽃이 피고 봄이 왔지만 어
김없이 겨울이 돌아올 것을 안다. 불안으로부터의 도피는 실패
다. 이 책을 함께 읽고 토론했던 학인들은 탄식하며 안타까워했
다. "차라리 한 대 맞지." 친구와 마주쳤다면, 그래서 한 대 얻어터
졌다면 속이라도 후련했을 것이다. 이미 엎질러진 물, 친구에게
욕을 먹고 잘못을 사죄한다면 손톱만큼이라도 죄책감을 덜었을
지도 모른다. 과거와 마주칠까 봐 외면하고 도망친들 어딜 가겠
는가. 이미 절벽 끝까지 왔는데.

혼자 열고 들어가야 하는 구원의 문. 두드려도 열어 주지 않는 문은 어떻게 해야 하나? 살다 보면 우연이 어디에 잠복되어 있다가 닥쳐올지 알 수 없다. 우연을 피할 수 없다면 그때마다 온몸으로 직면할 수 있는 태도가 우리가 가진 전부일지도 모르겠다. 구차한 변명이나 자기합리화를 하라는 게 아니다. 죄의식에 빠져서 과거를 답습하는 것은 밤새도록 우두커니 문 앞에 서 있는 일이다. 자신의 과실을 정정당당하게 인정하고, 지금 있는 자리에서 새 출발을 해야 한다.

삶은 예측불가하고, 고통은 다시 다가오겠지만, 긍정의 태도만이 구원의 문을 여는 열쇠가 된다. 비록 어떤 행위가 나쁜 결과를 가져왔을지라도 거기서부터 다시 시작하는 힘 말이다. 자신의 행위를 긍정하고 가는 자만이 변화를 꾀할 수 있다. 그것이 삶에 대한 의지를 능동적으로 발휘하는 힘일 것이다. 그 힘으로 새로운 인간관계를 맺을 수 있다면 아무리 철통같은 문일지라도 조금이나마 밀칠 수 있지 않겠는가.

마음

心

인간의 마음을 믿을 수 있는가?

1. 왜 자신에게 극단적인 폭력을 행할까

우리나라는 OECD 회원국 중 자살률이 가장 높다. 끼니를 걱정하던 시대와 비교하면 더할 나위 없이 물질적 풍요를 누리고 있는데 자살하는 사람이 늘어난다. 나와 가까운 지인 중에도 자살한 사람이 열 명가량이나 된다. 나는 지금도 누가 자살했다는 소식을 들으면 쓰라린 트라우마가 되살아난다.

10년 전의 일이다. 한 똑똑한 친구가 세계문화기행과 책을 연결시켜서 출판사를 만들자고 제안해 왔다. 독창적인 사업 아이디어가 좋았다. 돈이 없던 그를 돕기 위해 친구들 대여섯 명이 모여 주주 형식으로 자금을 모아 주었다. 대표를 맡은 그는 성공적인 사업 비전을 장담했고 의욕이 넘쳤다. 하지만 신생출판사는 겨우 책 한 권을 출간하자마자 자금난에 봉착했다. 운영자금이 돌지 않자 그는 돈을 빌리러 다녔다. 그리고 급작스럽게 그의 자살 소식이 당도했다. 기가 막힌 일이었다. 영안실에 모인 친구들은 탄식했다. "차라리 야반도주를 하지. 돈을 떼어먹을 배짱도 없었나." 사업을 벌이지 않았으면 죽지도 않았을 텐데 공연히 돈을 투자했다고 우리는 자책했다. 빚 청산을 해보니 그다지 큰 액수도 아니었다. 목숨값이 너무 비루했다. 충격을 받은 나는 장례식장에서 하혈을 하기 시작했는데 하루 낮밤 동안 걷잡을 수 없이 피가 쏟아졌다. 온몸의 피가 다 빠져나가는 것 같았다. 그날로 나는 화끈하게 폐경이 되고 말았다. 두려움이 동반된 충격의 후유증은 오래 지속되었다. 정신과 의사와 상담을 했더니 애도장애라고 하면서 우울증 약을 처방해 주었다. 나는 마라톤을 시작했고, 신천 강변을 달리면서 힘겹게 중년의 문턱을 넘었다.

무엇이 그를 죽음에 이르게 했을까? 친구들이 모인 자리에서 여러 추측이 오갔다. 자신의 실패에 대해 수치심을 견디지 못한 걸까? 사업을 하다 보면 실패할 수도 있건만 창의적인 아이디어와 실행 능력이 탁월했던 친구가 왜 그렇게 실패에 대한 면역력이 없었는지 납득이 가지 않았다. 타인의 시선을 지나치게 의식한 걸까? 남들이 평가하는 나, 내가 자신에게 기대하는 나라는 관념이 만들어 낸 자의식이 휘두르는 무서운 파괴력을 생각하면 두려워진다.

인간이란 어떤 존재일까. 나이를 먹을 만큼 먹고, 세상사 요지경을 겪을 만큼 겪었어도 이해하기 어렵다. 그래서 내가 소설을 즐겨 읽는지도 모르겠다. 작중 인물의 삶과 마음을 엿보면서 해답의 실마리를 건져 내고 싶어서다. 문학은 삶의 부조리와 아이러니를 구체적인 현실을 기반으로 보여 준다. 나쓰메 소세키의 소설 『마음』(心;『아사히신문』1914년 4월~8월 연재)을 읽다가 나는 전율했다. 그래, 이런 게 사람이지. 인간의 본질을 이보다 잔혹하게 발가벗겨서 묘사할 수는 없다고 생각했다.

다시는 돌이킬 수 없는 검은 빛이 내 미래를 관통하고 한순간에 내 앞에 놓인 전 생애를 무섭게 비추었네. 그리고 나는 덜덜 떨기 시작했지.

그래도 나는 끝내 나를 잃을 수 없었네. 나는 곧 책상 위에 놓여 있는 편지를 보았지. 예상대로 나에게 쓴 편지였어. 정신없이 봉투를 뜯었네. 하지만 안에는 내가 예상한 내용은 아무것도 쓰여 있지 않더군. 거기에는 나에게 얼마나 쓰라린 문구가 쓰여 있을까 하고 예상했거든. 그리고 만약 그것이 아주머님이나 아가씨의 눈에 띈다면 경멸당할지도 모른다는 공포도 있었네. 나는 잠깐 훑어만 보고 우선 다행이라고 생각했지.(『마음』, 송태욱 옮김, 현암사, 2016, 255쪽)

소설 『마음』의 실질적인 주인공인 '선생'이 친구의 죽음을 발견하는 광경이다. 선생은 한밤중에 잠이 깨어 옆방에서 자고 있던 친구 K가 자살한 것을 알게 된다. 보통 이런 상황이 닥친다면 놀라서 비명을 지르거나, 의사를 부르러 뛰어나가거나, 친구를 흔들며 정신 차리라고 외칠 것이다. 선생은 덜덜 떨면서 유서부터 읽는다. 유서에 자기에 관한 내용이 쓰여 있는지가 미칠 듯이 궁금하다. 선생은 친구가 죽은 이유를 짐작하고 있다. 그 사실이 알려지면 세간 사람들에게 경멸을 당할까 봐 공포심을 느낀다. 유서에는 다행히 선생의 이름도 없었고 하숙집 아가씨에 관한 이야기도 쓰여 있지 않았다. 다행이다. 그제야 장지문에 흩뿌려진 핏자국이 선생의 눈에 들어온다. 경동맥을 끊은 친구의 목덜미에서 한꺼번에 뿜어져 나온 피다. 새벽을 기다리는 시간은 무섭도록 길다. 세상의 모든 시계가 멈춘 듯하다.

나는 이 대목을 덜덜 떨면서 읽었다. 죽은 친구 옆에서 남몰래 유서를 읽고 있는 선생의 모습을 떠올리면 뒷골이 서늘해진다. 친구의 생명보다 자신의 잘못이 드러날까 봐 더 두려운 게 사람이구나. 이토록 세상의 이목을 의식하는 인간이라는 존재란 얼마나 허약한가, 가슴이 먹먹했다.

『그 후』, 『문』, 『마음』으로 이어지는 3부작은 사랑과 질투, 우정과 배신의 소용돌이에 휘말린 마음의 행로를 추적한다. 『마음』은 윤리적 갈등의 끝장을 보여 준다. 소세키의 작품들 중에서 가장 무겁고 음울한 분위기로 일관된 소설이다. 시작부터 끝까지 수많은 죽음의 퍼레이드가 펼쳐진다. 선생의 부모는 중학교 때 장티푸스로 죽고, 선생의 대학교 친구 K는 자살한다. 메이지 천황이 죽자 노기대장이 순사한다. 이 소설의 화자인 '나'의 아버지도 신장병이 악화되어 죽음이 임박해 있다. 선생마저 자살하면서 소설이 끝난다. 늙고 병들어 죽는 자연사는 그렇다 쳐도 선생과 친구 K, 두 사람의 자살은 더없이 우리의 마음을 불편하게 한다. 어떤 경우라도 자신의 삶을 지속하려는 생명 욕구가 인간의 본능인데 무엇이 자신을 향해 그렇게 극단적인 폭력을 휘두르게 만드는 걸까. 죽음을 향해 달려가게 만드는 추동력은 무엇일까.

2. 자의식의 굴레, 자기 환멸의 덫

K는 자신의 의지가 박약해서 희망이 없다고 유서에 썼다. 그의 자살을 보도한 신문기자는 K가 부모·형제로부터 의절을 당해서 죽었다고 기사를 썼다. 선생은 자신의 잘못으로 친구가 죽었다고 죄책감을 가진다. 죽은 자는 말이 없다. 요즘 유행하는 용어로 '팩트 체크'를 할 수가 없다. 남은 자들의 해석만 구구하다.

원래 K는 진종 스님의 아들이었다. K는 태생적으로 종교적 지향성을 가지고 살아왔다. 그는 어릴 때 상당한 재산가에게 양자로 입양되었지만 양부가 바라는 대로 의학 공부를 하지 않고 종교와 철학에 심취한다. 돈 잘 버는 의사가 되기를 포기하자 양부에게도 버림받는다. 오갈 데 없는 K를 선생이 자기 하숙집에 와서 같이 살도록 도움을 주었다. K에게 가난은 문제가 아니었다.

K는 "도를 위해서는 모든 걸 희생해야 한다. 절욕이나 금욕은 물론이고, 설령 욕망을 떠난 사랑도 도에는 방해가 된다"(『마음』, 239쪽)는 신조를 지닌 청년이었다. 그는 정신의 향상을 추구하면서 몸을 채찍질했던 수행자였다.

그랬던 K가 하숙집 아가씨에게 마음을 빼앗긴 것이다. 정신적 결벽주의자인 K는 정념에 빠진 자신을 받아들이기 어려웠다. 고민하던 K는 아가씨를 좋아하게 되었다는 고백을 선생에게 털어놓는다. 실은 선생도 아가씨를 좋아하고 있었다. 하지만 선생은 자기도 아가씨를 좋아한다고 솔직히 털어놓지 못한다. 외려 선생은 정진하는 사람이 무슨 사랑타령이냐고 친구에게 면박을 준다. K는 자신의 정신적 천박함에 대해 고통스러워한다.

한편 선생은 갑자기 질투심을 느낀다. 아가씨와 친구 K가 다정하게 웃는 모습이 눈에 거슬린다. 경쟁심으로 다급해진 선생은 친구를 따돌리고 하숙집 아주머니에게 딸을 달라고 청한다. 과부가 되어 혼자 딸을 키우던 아주머니로서는 로또에 당첨된 격이다. 물려받은 유산도 있고 대학도 다니는 도련님을 마다할 이유가 없다. 시부모 될 사람들도 돌아가셨으니 데릴사위로 같이 살기에 딱 맞는 사윗감이다. 하숙집 아주머니는 K에게 선생이 청혼을 했다는 이야기를 전한다. 그리고 그 이야기를 들은 K는 그날 밤 자살을 한다.

K는 실연 때문에 죽었을까? 아니면 친구에 대한 배신감 때문에 죽었을까? 나는 K가 지나친 자의식 때문에 죽었다고 생각한다. 하숙집 아가씨를 사이에 둔 삼각관계는 부차적인 요인으로 보인다. K는 선생에게서 "정신적으로 향상심이 없는 자는 바보라네"라는 뼈아픈 말을 들었을 때 이미 죽음을 결심한 것 같다. 그는 자신이 정신적으로 고결한 사람이라는 표상을 가지고 있었다. 그런데 이상적 자아와 현실적 자아가 충돌했다. K는 자신이 육체적 욕망을 제어하지 못하는 약한 인간임을 알고 괴로워한다. 그는 정념도 인간의 본성이며, 삶의 의지라는 사실을 받아들이지 못했다. 욕망하는 신체를 부정한 나머지 자기 환멸의 덫에 걸린 것이다. 자의식이 삶의 의지를 넘어서자 죽음이 기다리고 있었다.

K가 자살한 후 선생은 죽은 듯 살았다. 그는 K가 자기에게 배신당한 외로움 때문에 죽었다고 자책한다. 그렇다고 사람들의 비난을 받고 싶지는 않다. 그는 수치스러운 비밀을 간직하고 "미라처럼" 살아가게 된다. 살아도 죽은 목숨과 다름없다. 아가씨와 결혼했지만 아이도 낳지 않았다. 술에 취해 엉망진창이 되기도 하고 책도 안 읽고, 일도 안 한다. 아무와도 교분을 나누지 않고 고독 속으로 자신을 유폐시켰다. 한 달에 한 번씩 친구의 무덤을 찾아가 꽃을 바치는 참회가 그가 하는 유일한 행동이다. 선생은 자신이 비겁했다는 사실을 부인할 수가 없다.

아무리 지독한 죄책감이라도 흐릿해질 만큼 세월이 흘렀다. 감정이 괴로우면 몸이 힘들어서 사람은 어느 정도 자기합리화를 하기 마련이다. 하지만 선생은 끝까지 자신을 용서하지 못했다. 선생은 적어도 자신만은 정신적으로 순수하다고 자신했다. 하지만 그는 K의 죽음으로 자기 불신과 환멸에 빠진다. 나 자신을 믿을 수가 없다. 내가 더 나쁜 놈이다. 그는 치명적인 자기 부정에 강타당했다. 자신도 믿을 수 없는데 누구를 믿겠는가. 외부와 단절된 자기만의 방에는 희망이 없다. 선생도 역시 자의식의 굴레에 갇혀 죽음을 선택한다.

스피노자는 인간은 자신의 생명력을 끈질기게 지속하려는 힘, 코나투스(conatus)를 가지고 있다고 했다. "각각의 사물은, 자신의 능력이 미치는 한, 자신의 존재를 끈질기게 지속하려고 노력한다."(스피노자, 『에티카』, 황태연 옮김, 비홍출판사, 2014, 168쪽) 따라서 자살은 인간의 본성이 아니다. 자신의 생명력을 부정하는 자기 환멸은 인간을 생명력과 반대되는 죽음의 방향으로 치닫게 한다. 선생을 자기 환멸의 늪에 빠지게 만든 자의식은 어디에서 비롯된 것일까?

3. 아무도 믿지 못하는 자의 고독

생각해 보면 선생을 망친 것은 인간에 대한 불신이다. 선생은 오래전부터 인간을 믿을 수 없었다. 죽은 부모가 남긴 재산을 숙부가 가로채 간 후 선생은 친척들과 연을 끊고 고향을 떠났다. 피를 나눈 혈연도 양심을 저버리는데 낯선 타인은 오죽하랴. 그는 돈 앞에서는 군자라도 언제든 악인이 될 수 있다고 냉소한다. 모든 사람들이 자신을 속이려는 걸로 보인다. 선생은 인간이라는 종種 전체를 불신하게 되었다. 하숙집 아주머니도 자기 재산을 바라고 딸을 의도적으로 접근시키는 게 아닐까 의심했다. 그래서 선생은 아가씨에게 호감을 느끼면서도 고백을 하지 못한다. 인간에 대한 불신이 깊은 나머지 연애다운 연애도 못했던 것이다. 아무도 믿지 못하는 자는 고독에 감금된다.

선생은 살아생전 단 한 사람이라도 믿고 싶었다. 그는 소설 속 화자인 '나'에게 "자네는 뼛속까지 진실한가?"를 묻는다. 선생은 화자에게 숨겨 왔던 과거를 고백하는 유서를 쓴다. "용기 없는 나는 지금 자네 앞에 그 과거를 분명히 이야기할 자유를 얻었다고 믿네. (……) 어두운 인간 세상의 모습을 기탄없이 자네에게 보여 주겠네." 처음이자 마지막으로 선생은 진실 앞에 선다.

죽기 전에 누군가를 믿게 되었으니 마음의 구원을 받았을까? 과거를 고백할 용기를 냈으니 자유로워졌을까? 아닐 것이다. 선생은 끝까지 위선을 떨쳐내지 못했다. 그는 자기 아내에게는 절대로 진실을 밝히지 말 것을 부탁한다. 죽어서도 아내의 기억 속에 자신은 순백의 인간으로 남고 싶다. 자신의 실수를 감추고 싶은 마음은 여전하다. 참으로 씁쓸해지는 대목이다. 자신도 믿을 수 없고, 타인도 믿을 수 없고, 끝까지 진실해질 수도 없는 인간이라는 존재.

자신은 진실하지 못하면서 타인에게 그 어떤 믿음을 기대할 수 있단 말인가. 알량한 자의식을 버리지 못하면서 영혼의 자유를 얻기 바라다니 허망하기 그지없다. 죽음 앞에서도 버리지 못하는 자의식은 대체 무엇인가. 우리는 왜 이렇게 자의식에 의해 몸서리치는 삶을 살게 되었을까?

예전에 사람들은 신과 연결되어 있었고 신을 전제로 하였으며 그 아래에서 일정한 질서로 형성된 세계의 일원이었습니다. 하지만 근대가 되자 그 연결이 끊어지고 개인은 자유롭게 방면되어 자유로운 의사로 살 수 있게 되었습니다. (⋯⋯) 하지만 근대 이후의 사람들은, 나는 어떤 사람인가, 나는 무엇을 위해 살고 있는가 하는 자아와 관련된 것들을 일일이 스스로 생각하고 의미를 부여하지 않으면 안 되게 되었기 때문입니다. 이런 상황에서 인간의 자의식이 한없이 비대해져 간 것입니다.

(강상중, 『살아야 하는 이유』, 송태욱 옮김, 사계절, 2012, 51쪽)

근대의 인간은 인류 역사상 가장 외로운 삶을 살게 되었다. 신이나 공동체와의 연결은 끊어졌다. 나는 왜 사는지, 나는 누구인지 홀로 묻고 홀로 답해야 한다. 자아의 섬세한 떨림 앞에 서 있는 군중 속의 개인, 바로 우리의 초상이다. 혼자 힘으로 살아가야 하는 개인에게 필연적으로 동반되는 것이 자의식이다. 자유를 얻은 대신 자신의 의지를 다해 삶의 의미를 찾아내야 한다. 어떻게 살아야 하는지 몰라 남들은 어떻게 살아가는지 끊임없이 탐색하게 된다. 타인과 자신을 비교하고, 경쟁하고, 질시하면서 자의식이 커져 간다. 실존적 공허감도 깊어만 간다.

자의식은 단독으로 존재하지 않는다. 타자와의 관계에서 나라는 의식이 성립되기 때문이다. 사회문화적 기준에 맞추어 자신을 규정하고, 또 타인의 시선에 의해 자신이 규정된다. 자신을 과시하고 싶고, 남에게 인정받고 싶은 욕망도, 죽을 것 같은 열등감도 다 자의식의 산물이다. 우리는 타인의 시선에 사로잡혀 천국과 지옥을 넘나든다. 비대해진 자의식은 타자와의 관계를 불통으로 만든다. 비밀번호 잠금키에 지문인식 장치까지 마음의 빗장을 겹겹이 채운다. 인간을 믿을 수 없게 된 문명사회가 맹수 때문에 떨던 야만적인 시대보다 더 불안하다.

그렇다면 나는 인간에 대한 믿음을 가지고 있는가? 자문해 보게 된다. 다른 사람의 마음은 말할 것도 없다. 솔직히 내 마음도 믿을 수가 없다. 요동치는 마음의 이면에는 나도 모르는 충동이 범람한다. 미움인가 하면 가엾은 마음이 스며들고, 이유 없는 짜증에는 두려움이 깔려 있고, 분노의 열기 아래에는 애증이 뒤섞여 있다. 선과 악의 대결구도가 명백하고 선이 반드시 악을 이기는 단순성이 전근대의 문법이라면 현대문학은 선악이 중첩되어 있는 인간 마음의 복잡성을 다룬다.

그런 면에서 소세키는 상당히 세련된 작가이다. 소세키는 드높은 도덕적 이상형을 제시하지 않았다. 그가 보여 주는 인간은 자의식에 사로잡혀서 괴로워하는 존재다. 선과 악, 아름다움과 추함, 호의와 악의, 강함과 약함이 뒤범벅되어 있는 모순덩어리다. 그는 치사한 인간 내면의 어두운 밑바닥까지 내려갔다. 소세키가 본 인간이라는 존재는 하나의 신체 안에 부조리하고 모순되고 화해하기 어려운 다면성이 주름져 있었다.

이 소설을 읽으면 인간에 대한 믿음이 얼마나 중요한지 절감하게 된다. 나는 소세키가 제시하는 인간의 다면성에 대해 동의한다. 우리는 자신도 미처 알지 못하는 여러 겹의 얼굴들을 심층에 간직하고 있다. 타인과의 접속에 따라 상황이 달라지면 무의식 속에 잠재되어 있던 얼굴이 수면 위로 떠오른다. 나도 모르고 너도 몰랐던 얼굴일 수 있다. '열 길 물속은 알아도 한 길 사람 속은 모른다'는 옛말이 틀리지 않는다. 정녕 우리는 인간의 마음을 믿을 수 없는 것일까. 인간이 모순된 존재라는 것을 입체적으로 이해하고 사람들 사이에 연결고리를 만들 수는 없을까.

인간에 대한 믿음을 갖기 위해서는 자신부터 타인 앞에 진실하게 서야 한다. 진심을 감추고 자의식에 갇혀 버린다면 고독한 개인으로 고립되고 만다. 아무리 경쟁과 불신으로 인간관계가 삭막해진 사회가 되었을지라도 인간에 대한 믿음을 찾는 일은 계속되어야 한다. 동서양을 막론하고 인류 지성사의 가장 오래된 화두는 인간의 마음이다. 수천 년 동안 인간은 마음의 정체를 알기 위해 분투해 왔다. 마음의 중심에는 자아가 있다. 우리는 자신의 관념이 만들어 낸 자아를 불변하는 자기 자신이라고 믿고 있다. 하지만 각자가 붙들고 있는 아상(我相)은 허상이라고 고전의 지혜는 말하고 있다. 허상에 대한 집착을 버리는 것이 마음을 다스리는 삶의 윤리이고, 깨달음이며, 자기구원이라고 가르쳐 준다.

夏目漱石

산 시 로

三四郎

누가 청춘에게 길을 말해 줄까?

1. 배짱이 생기는 약

"너는 어렸을 때부터 배짱이 없어서 못쓴다. 배짱이 없는 것은 손해막심이라 시험을 볼 때와 같은 경우에는 얼마나 곤란한지 모른다. (……) 너는 부들부들 떨 정도는 아닌 것 같으니 도쿄의 의사에게 배짱이 좋아지는 약을 지어 달라고 해서 평소에도 가지고 다니며 먹어라. 낫지 않을 리 없을 것이다."(『산시로』, 송태욱 옮김, 현암사, 2017, 210쪽)

시골에 사는 어머니가 대도시로 공부하러 간 아들에게 쓴 편지의 한 대목이다. 어머니는 성격이 소심한 아들을 생각하면 물가에 내놓은 아이처럼 염려스럽다. 도쿄에는 분명히 '배짱이 좋아지는 약'이 있을 테니 처방받아서 사 먹으라고 충고한다. 슬그머니 웃음이 번진다. 배짱이 생기는 약? 그런 약이 있으면 나도 당장 사 먹고 싶다.

이 편지를 받은 산시로는 고향 구마모토(熊本)를 떠나 도쿄에 온 23세의 새내기 대학생이다. 이 소설이 나왔을 당시 일본에는 대학교가 도쿄, 교토, 도후쿠 제국대학 세 군데밖에 없었다. 지금처럼 대학 진학률이 높던 시절이 아니므로 제국대학에 입학한 대학생이라면 전국에서 선발된 극히 소수의 엘리트 집단에 속했다. 그 정도로 똑똑한 아들인데도 어머니는 세상 물정 모르는 아들이 큰 도시에 가서 겁을 먹고 떨지 않을까 걱정스럽다. 도쿄는 어머니도 가 보지 못한 도시다. 배짱이 좋아지는 약이든 뭐든 세상의 모든 것이 다 있을 것만 같다. 나이 많은 어른도 경험해 보지 못한 근대의 대도시는 신기루를 펼쳐 내는 환상적인 세계다. 그만큼 무섭고 위험천만한 곳이기도 하다.

『산시로』(三四郞)는 나쓰메 소세키가 1908년에 『아사히신문』에 연재한 풋풋한 청춘소설이다(1908년 9월~12월 연재). 마흔 살 중년에 접어든 작가는 20대 청춘의 세계를 경쾌하게 그려 냈다. 이야기는 산시로가 고향을 떠나 기차를 타고 도쿄로 가는 장면에서 시작된다. 도쿄까지는 기차로 이틀을 가야 하는 먼 여정이다. 산시로는 나고야(名古屋)에서 기차를 갈아타기 위해 내렸을 때 생면부지의 중년여자와 허름한 숙소에서 하룻밤을 함께 묵게 된다. 혼자 숙소를 잡기 곤란하다는 그녀의 부탁을 딱 잘라서 거절할 용기가 없다 보니 어쩌다 벌어진 사태다.

여자는 수줍어하는 기색도 없이 "등을 좀 밀어 드릴까요?" 하며 목욕탕에 들어오려고 한다. 산시로는 화들짝 놀라서 욕실에서 뛰쳐나온다. 가슴이 콩닥거린다. 그는 놀란 표정을 감추려고 공책을 꺼내 일기를 쓴다. 속으로는 여자는 그토록 침착하고 태연한 존재일까 의아하기 짝이 없다. 그는 시트 자락을 둘둘 말아서 방 한가운데에 경계선을 만들고 수건을 깔고 똑바로 누워서 잔다. 다음 날 기차역에서 헤어질 때 여자는 쌩긋 웃으며 말한다. "당신은 참 배짱이 없는 분이로군요." 산시로는 깜짝 놀랐다. 23년간 숨겨 왔던 약점을 단번에 들켜 버린 심정이었다.

첫 에피소드부터 쇼킹하다. 이쯤 되면 어지간한 배포를 가진 남자라도 당황하지 않을 수 없을 것이다. 하물며 이제 막 고등학교를 졸업한 순진한 청년이 아닌가. 산시로가 이날 체험한 충격은 앞으로 마주하게 될 미지의 세계를 예고하는 전주곡이다. 그의 앞에는 낯선 사회가 펼쳐진다. 대학, 도서관, 실험실, 전차, 경양식집, 문예 모임, 전람회 등등 그간 안온한 고향에서는 경험해 보지 못한 이질적인 세계와의 만남이다. 그 가운데에서도 가장 낯선 세계는 여자다. 20대 청년에게 여자는 도저히 이해할 수 없는 타자의 세계다. 배짱이 좋아지는 약으로 문제가 풀리기는 할까. 배짱이 생기는 약을 구할 수 없다면 무슨 힘으로 청춘의 시기를 통과할 것인가. 소설은 예측할 수 없는 세계에 내던져진 청춘의 고뇌를 다룬다.

시대를 막론하고 어른들은 청년들에게 아직 젊으니 뭐든 할 수 있다고 말한다. 어딜 가든 무얼 하든 자유라는 게 청춘의 특권이라고 한다. 원하는 대로 할 수 있다는 말이 어찌 희망적인 빛만 품고 있겠는가. 어디로 향하는지도 모르면서 발부터 내딛어야 하

는 막막함은 어쩔 것이며, 높은 장벽을 뚫고 가야 하는 불안감은
또 어쩌란 말인가. 다시 20대로 돌아간다면 시행착오 없이 훌륭
한 삶을 살아 낼 수 있을까? 그 누구도 청춘이 겪어야 할 통과의
례를 건너뛸 수는 없을 것이다.

2. 사막에 불시착한 청춘

산시로는 '살아 있는 세계를 죽은 강의로 가득 채워 봤자 희망이
없다'는 친구의 충고대로 넓은 세상을 알아보기 위해 돌아다닌
다. 전차를 타고 거리를 쏘다니고 요릿집도 가고 극장도 가고 도
서관에도 파묻힌다. 산시로가 파악한 세계는 세 개의 범주로 나
뉜다.

　　첫번째는 어머니로 상징되는 과거의 세계다. 모든 것이 평온
하고 마음만 먹으면 돌아갈 수 있는 도피처 같은 세계다. 두번째
는 수개월씩 지하 실험실에서 광선 실험을 하고 있는 학자들의
세계다. 먼지와 이끼로 덮인 대학은 격렬한 도쿄의 움직임과는
동떨어진 듯 보인다. 고요하지만 생기가 없다. 세번째 세계에는
환한 전등과 은수저와 샴페인, 무엇보다 아름다운 여성이 있다.
기쁨과 생동감으로 찬란하게 빛나는 세계다. 산시로는 세번째 세

계로 들어가고 싶지만 자신이 없다. 변화에 대한 기대감과 모험에 대한 두려움이 교차한다.

산시로가 꿈꾸는 세계는 세 개의 세계를 버무린 짬뽕이다. 유명한 학자들을 만나고 교양과 품위를 갖춘 학생들과 교제하고 연구와 저술 활동을 해서 세상 사람들의 갈채를 받는다. 기뻐하는 어머니를 모셔 오고 아름다운 아내를 맞이한다. 산시로가 머릿속으로 그려 보는 미래는 찬란하고 근사하다. 하지만 꿈과 현실은 어긋나기 마련. 입학하자마자 산시로는 첫사랑의 시련을 호되게 겪는다.

산시로는 대학 연못가에서 만난 미네코에게 첫눈에 반했다. 미네코도 그를 좋아하는 눈치를 슬쩍슬쩍 흘린다. 산시로를 바라보는 미네코의 눈에는 고통에 가까운 열정적인 호소가 있다. 미네코는 '입센의 여주인공'이라고 불릴 정도로 성격이 당당하고 활달하다. 감정 표현도 적극적이다. 연애 경험이 없는 산시로는 이 여자가 정말 자신을 좋아하는 건지 자신을 놀리는 건지 속내를 알 수가 없다. 어쩐지 여자에게 주눅이 든다. 고향의 어머니가 권하는 얼굴 까무잡잡한 시골 여자와 결혼하자니 답답하고, 진취적인 도시 여성과 자유연애를 하자니 겁이 난다. 배짱 없는 산시로는 우유부단할 수밖에. 미네코는 적극적으로 다가오지 않고 딴청만 피우는 이 남자가 답답하다. 미네코는 산시로의 귀에 대고 속삭인다. "스트레이 십(stray sheep), 스트레이 십." 그들은 사랑 앞에서 길을 잃고 헤매는 어린 양이다. 결국 미네코는 오빠의 친구에게 시집을 가 버리고 가을 한철의 짧은 사랑은 허망하게 끝나 버린다.

소세키는 청춘을 '길 잃은 양'에 비유했다. 청춘은 불가피하게 살아가는 방법과 길을 암중모색하는 존재다. 고민과 좌절, 실패와 낙담은 어른이 되기 위해 거쳐야 하는 관문으로 다가온다.

돌아보면 나 자신도 사막에 불시착한 것 같은 20대를 보냈다. 소위 386세대였던 내게 청춘은 푸르지 않았다. 유신독재를 고집하던 대통령은 총 맞아 죽고, 거리는 최루탄 내음으로 자욱하고, 무장한 군인들이 교문을 지키고 있던 시대였다. 민족과 역사, 민주주의와 자유, 정의와 평등, 지성인의 사회적 책임과 양심 등등 우리는 지금 생각해도 감당하기 어려운 거대담론에 사로잡혀 있었다.

나는 무엇을 해야 하나, 무엇을 할 수 있나, 무엇을 하고 싶은가, 번민은 많았지만 세 가지의 질문은 교집합을 이루지 못했다. 천지 사방이 불확실하고 불빛은 보이지 않았다. 청춘의 나날은 암울하고 괴로웠다. 힘내라고 격려하는 그 어떤 자기계발서도 도움이 되지 않았다. 세월이 한참 지난 후에야 나는 자아와 사회에 대한 고뇌를 몸으로 아프게 통과해야 삶의 철학을 얻는다는 걸 알게 되었다. 소세키도 젊은 날의 자신을 안개 속에 갇힌 고독한 인간이었다고 회상한다.

나는 이 세상에 태어난 이상 뭔가 해야 한다고 생각했지만 무엇을 하면 좋을지 조금도 어림잡을 수 없었습니다. (……) 마치 자루 속에 갇혀서 나올 수 없는 인간과 같은 느낌이 들었습니다. 나는 '내 손에 단 한 자루의 송곳만 있으면 어딘가 한 군데 뚫어 보여 주고 싶은데' 하며 조바심쳤지만 공교롭게 그 송곳은 남이 전해 주지도 않았고 또 자신이 발견할 수도 없어서 그저 마음속으로 '앞으로 나는 어떻게 될까?'라고 생각하며 사람들 몰래 우울한 날을 보냈습니다.(『나의 개인주의 외』, 51쪽)

한 치 앞도 보이지 않는 자루 속에 갇혀 있던 소세키가 발견한 단 한 자루의 송곳은 펜이다. 소세키는 '문학이란 어떤 것일까' 질문하면서 자신의 힘으로 개념을 만들어 내지 않으면 안 된다는 걸 깨달았다. 서양의 문학을 맹목적으로 따르고 흉내 내서는 답이 없다. 그는 "자기본위"라는 개념을 생각해 내고 "그 자기본위를 입증하기 위해 과학적인 연구와 철학적 사색에 몰두하기 시작"했다.(앞의 책, 54쪽) 소세키는 문예의 힘으로 삶을 돌파하기로 한 것이다. 불시착한 사막에서 망가진 비행기를 수리해 낸 조종사처럼 자신이 할 수 있는 일을 발견할 수 있다면 얼마나 행운인가.

3. 자기본위의 길을 찾는 사람들

이 소설을 통해 소세키가 강조하는 자기본위의 사상을 살펴볼 수 있다. 자기본위의 삶에는 두 개의 층위가 겹쳐 있다. 하나는 국가와 개인의 대립이고 다른 하나는 서양과 일본의 대립이다. 국가주의에 매몰되지 않으면서 자유로운 개성을 추구하고, 선진국의 문물을 받아들이되 자주적인 발전을 모색하는 길이다. 소세키는 젊은이들은 기성세대처럼 서양을 추종하지 말고 독자적인 지식인 집단을 키워야 한다고 주장한다.

청년기의 소세키를 짐작할 수 있는 풍경들이 『산시로』에 나온다. 소세키는 이 소설에서 젊은 지식인 집단의 풍속도를 발랄하게 그려 냈다. 때는 러일전쟁 직후다. 일본은 1904년에 만주와 조선의 지배권을 두고 러시아와 전쟁을 벌였다. 무적의 나폴레옹 함대도 정복하지 못한 러시아를 아시아의 조그만 섬나라가 이기는 놀라운 사건이 일어났다. 러일전쟁에 승리하면서 일본은 제국주의로 뻗어나가기 시작했다. 일본은 세계의 패권을 잡았던 영국을 모델로 삼고 부국강병과 서구화를 추구했다. 구미에 대해서는 굴종적이고, 조선과 중국에 대해서는 침략전쟁을 도발하는 국가의 그늘 아래서 일본의 지식인들은 어떻게 살아갈 것인가 사회적 고민을 하지 않을 수 없었을 것이다.

젊은 예술가와 학자들이 모인 문예 모임에서는 자연파와 낭만파 논쟁, 위선과 위악의 풍조, 형식과 내용 등에 대한 열띤 논쟁이 오간다. 당대의 젊은이들이 고민하는 문제를 잘 보여 주고 있다. 신세대 청년들은 마음의 자유를 주장한다. 그들은 구식 일본의 압박도 싫지만 새로운 서양의 압박도 견딜 수가 없다. 서양의 문예를 연구하고 있지만 굴종하고 싶지는 않다. 신세대 청년들에게 문예는 인생의 근본적인 의미를 담고 있는 사회의 원동력이다. 문예운동을 통해서 자유로운 사상과 개성을 추구하면서 사회를 바꾸고 싶어 한다.

그런 맥락에서 이 소설에서 돋보이는 인물은 히로타 선생이다. 히로타 선생은 10년 넘게 박봉을 받으며 고등학교에서 영어를 가르치고 있다. 그는 명망과 출세에 개의치 않는 철학자이다. 이른바 사랑도, 명예도, 이름도 남김 없이 초연하게 살아가는 자기본위의 삶이다. 히로타 선생은 러일전쟁의 승리감에 도취되어 있던 일본의 사회적 분위기와는 어울리지 않는 인물이다. 국가 시책의 홍보에 앞장서는 학자가 등잔불이라면 히로타 선생은 그 반대편에 서 있다. 제자들이 그를 '위대한 어둠'이라고 부르며 존경하는 이유다.

히로타 선생은 기차에서 만난 산시로에게 "아무리 러일전쟁에서 승리하고 일등국이 되어도 소용없다"고 말한다. 산시로는 이런 일본인을 만나리라고는 상상도 하지 못했다. 구마모토에서 이런 말을 꺼내면 즉시 몰매를 맞는다. 잘못하면 역적 취급을 당할 수도 있다. 산시로가 "이제부터 일본도 점차 발전하겠지요"라고 말하자 히로타 선생은 태연하게 "망할 거야"라고 대꾸한다. 마치 군국주의로 치닫던 일본이 먼 훗날 원자폭탄을 맞고 전범국가로 전락할 것을 내다보는 사람 같다.

히로타 선생은 자칫 냉소적인 허무주의자로 보일 수도 있지만 대다수의 사람들이 자본의 팽창과 권력을 향해 질주하던 일본사회에서 속도제일주의를 경계하는 비판적인 지성인이었음이 분명하다. 그래서 산시로도 히로타 선생과 있으면 세상살이가 걱정되지 않고 마음이 느긋해졌을 것이다. 산시로는 자신의 롤 모델이 될 만한 스승을 만났다. 히로타 선생과 산시로의 만남을 보면서 청춘이 불안한 방황으로만 뒤범벅이 될 리는 없다는 생각을 했다. 비록 실연의 쓰라림으로 사회에 첫걸음을 내딛긴 했지만 산시로는 앞으로 더 많은 스승을 만나고 친구를 얻고 더 큰 안목으로 세계와 마주하게 될 테니 말이다.

4. 배움과 접속으로 열어 가는 세상

_____

소세키의 소설 속 주인공들은 대개 산시로처럼 소심하다. 생각은 많지만 행동은 늦다. 산시로가 배짱이 없다는 말을 듣는 것처럼 『그 후』의 다이스케도 아버지로부터 걸핏하면 '너는 배짱이 없어서 글렀다'는 말을 듣는다. 아버지의 시대는 메이지유신이 있기 전의 막부(幕府) 시절이다. 사무라이가 정권을 잡았던 시대의 덕목이었던 배짱이라는 단어에는 할복과 전쟁의 피비린내가 묻어난다. 다이스케는 그때는 칼을 휘두르는 야만의 시대였으니까 배짱이 생존에 꼭 필요한 조건이었을지 모르지만 지금은 '배짱 따윈 필요 없어!'를 외친다. 그는 문명 시대에는 배짱보다 더 중요한 능력이 필요하다고 여긴다. 그 능력이 무엇인지 소설에는 나와 있지 않다.

그것은 과학적이고 합리적인 사유일 수도 있고 요즘 시대 같으면 창의적 상상력이나 융합 능력을 꼽을 수도 있겠다. 물질적 가치보다 인본주의적인 정신가치를 생각하는 철학적 소양을 갖춰야 함은 두말할 나위도 없다. 청년에게만 이런 역량이 필요한 것은 아니다. 어른들도 급속하게 변화하는 세상에서 무력감과 위축감을 느낀다.

내가 보기에 어른들이 변화에 대응하는 능력이 더 떨어지는 것 같다. 고작 40대밖에 안 되었는데 컴맹을 벗어날 엄두도 못 내는 사람도 꽤 많이 봤다. 학교에서 배운 지식으로 평생 정년까지 일자리를 보장받았던 시대는 사라지고 없다. 전후 베이비붐 세대의 과제는 문맹 탈피였다. 컴퓨터와 인터넷이 생활 깊숙이 들어오면서 디지털문명이 도래하는가 싶더니 어느새 스마트폰이 신체의 일부가 되어 버린 포노 사피엔스 시대가 되었다. 컴맹을 넘어서 폰맹이 되어 가는 구세대는 위기감을 느낀다. 계속 배우고 익히지 않으면 생존할 수가 없다. 일찍이 스마트폰으로 소통하고 생활하는 방식에 익숙한 청년 세대는 이런 사회 변화를 좋은 기회로 삼을 수 있다.

전 세계 사람들이 인터넷으로 실시간으로 소통하며 지식과 정보를 생산하고 유통한다. 특정 전문가의 전유물로 여겨졌던 지식이 널리 공유되는 이른바 대중지성의 시대가 된 것이다. 물론 광고성 정보와 가짜 뉴스와 검증되지 않은 지식이 범람하는 부작용도 있다. 하지만 일부가 지식권력을 독점하던 시대보다 대중지성 네트워크가 더 투명하게 허위를 걸러낼 수 있을 것이다. 나는 오늘을 살아가는 청년들이 지성의 주체가 되어 집단지성을 만들어가는 능력이 새로운 삶의 대안이 되리라 믿는다. 끊임없이 배우고 유연하게 타자와 접속하는 노력이 새로운 세상을 창안할 수 있다고 기대하고 있다.

이런 결론, 너무 당위적이고 꼰대스러운가? 큰딸이 고등학교 때 나를 보고 한탄한 적이 있다. 8,90년대의 청년들은 민주주의나 사회정의처럼 가치 있는 꿈을 품었으니 엄마·아빠 세대가 부럽다는 것이다. IMF 이후의 자기들 세대는 안정적인 직업밖에 바라는 게 없으니 이런 초라한 꿈도 꿈이냐고 억울하다고 했다. 새파란 10대 청소년들이 장래희망란에 월급이 따박따박 나오는 정규직이라고 쓰는 모습을 보면 앞이 캄캄해진다. 우리 세대가 가르쳐 준 지혜가 이 모양이다.

나는 고등학교에서 인문학 강의 요청이 오면 머뭇거리게 된다. 세대 간의 격차를 넘어서 비전과 지혜를 말해 줄 수 있으려나? 요즘 젊은이는 헝그리 정신이 없다고, 무조건 꿈을 가지라고 협박하는 꼰대가 되고 싶지는 않다. 누가 청춘에게 길을 말해 줄 수 있냐고? 누구든 자신이 겪은 경험적 지식을 말해 줄 수는 있다. 그렇지만 디지털 노마드 시대를 사는 청년들에게 필요한 지혜가 될지는 장담할 수 없다. 청년은 어른들에게 배우지만, 궁극적으로는 기성세대와 싸워 넘어서야 한다. 싸우다가 좌절하는 것보다 더 청춘을 탕진하는 방법은 무의미에 사로잡히는 것이다. 무의미보다 위험한 적은 없다. 지독한 청춘의 통과의례를 거치더라도 살아가는 의미를 찾기 위해 고개 들어 별을 바라보기를 응원할 뿐이다. 별을 품고 살기에 청년은 아름답게 빛난다.

———

坑夫

———

세상에서 도망치고 싶을 때 어디로 갈까?

1. 삶의 나락으로 떨어지다

———————

단 한 명도 나를 아는 사람이 없는 곳에 가서 새로 살고 싶다든지, 이대로는 하루도 버틸 수 없다는 생각을 해 본 적이 있는 사람이라면 소세키의 『갱부』(坑夫; 『아사히신문』 1908년 1월~4월 연재)에 깊이 매료될 수 있다. 이유가 뭐든 간에 더 이상 내려갈 바닥이 없다고 절망해 본 사람임에 분명하다. 절망의 끝에서 나 몰라라 도망치고 싶을 때 어디로 가야 할까? 정면 돌파할 수 없다면 삼십육계 줄행랑도 좋은 계책이라 하지 않던가. 도망치려 해도 마땅히 갈 곳이 없다. 가정주부가 '살림을 탕탕 뽀사 뿌리고' 가출한들 겨우 찜질방에 가서 하룻밤을 보내고 되돌아오듯 말이다. 대책도 없이 그냥 현실을 도피하고 싶다는 절박감만이 강렬하다.

『갱부』는 이런 심정에 사로잡힌 19세 청년이 삶의 밑바닥으로 전락하는 이야기다. 아니 정확히 말해서 전락을 통해 자아의 변화를 체험하는 이야기다. 5월의 어느 날 밤 9시, 이미 해도 지고 어두운데 한 청년이 집을 뛰쳐나온다. 갈아입을 옷도 없고 가진 돈도 없다. 청년은 밤새 소나무 숲길을 걷는다. 도저히 빠져나갈 수 없는 흐릿한 세상으로 빠져드는 기분이다. 그는 아무도 없는 곳에 가서 세상을 등지고 싶다. 스무 살도 채 안 되었는데 살아갈 의지를 잃었다. 죽으면 그만이라는 생각만이 위안이 된다. 그렇다고 자살을 감행하기는 두렵다. 삶은 가깝고 죽음은 막연하다. 살 수도 죽을 수도 없는 애매한 상태다. 이 청년에게 무슨 비극적인 사연이 있었던 걸까. 그는 두 소녀와 삼각관계에 얽힌 나머지 세간의 비난을 받고 도망쳐 나온 길이다. "지난 1년간 해온 도리에 어긋난 일이라든지 의리, 인정, 번민 같은 것이 파열하여 대충돌을 일으킨 결과"(『갱부』, 송태욱 옮김, 현암사, 2014, 42쪽) 가출을 하게 된 것이다. 그깟 일로 무슨 가출이냐고 빈정댈 수도 있다. 타인의 고통에 대해 민감성이 없으면 다른 사람의 사정은 시시해 보이는 법이다. 나의 불행은 한없이 지극하고, 남의 불행은 턱없이 가소롭게만 보인다.

가출 이틀째 아침, 청년은 길에서 만난 사내의 한마디에 낚였다. 허름한 옷을 입은 사내가 다가와 "임자, 일할 생각이 없나?" 라고 묻는 순간 청년은 속세에 집착하는 마음이 싹튼다. 조금 전까지만 해도 죽을 생각을 하던 그였다. 그는 일하겠다고 대답한다. 지금까지 그는 부모에게 기대어 빈둥거리며 살았다. 전에는 돈만 벌면 된다는 세상의 물신주의를 비웃던 그였지만 무일푼이 되었으니 하릴없이 조조 씨를 따라간다. 조조 씨는 광산에 갱부를 소개해 주고 소개료를 버는 야바위꾼이다. 그는 세상에서 가장 힘든 갱부를 대단한 직업인 양 돈을 아주 많이 벌게 해주겠다고 허풍을 친다. 두 사람은 광산으로 가는 도중에 붉은 담요를 두른 사내와 떠돌이 꼬마를 만났다. 조조 씨는 그들에게 또 "임자, 일할 생각 없나?" 하고 묻는다. 돈을 벌게 해준다는 말에 두 사람 역시 묻지도 따지지도 않고 순순히 따라나선다.

일행은 캄캄해진 산속의 산을 걷고 또 걷는다. 청년은 이틀 동안 고구마 하나 먹었을 뿐 물 한 모금 마시지 못했다. 깊은 산속 오두막에서 이불도 없이 자고 난 다음 날도 아침밥을 거르고 또 걷기 시작한다. 청년으로서는 아침밥을 안 먹는다는 건 상상도 못 해본 일이다. 하루 세끼를 못 먹고 살 수도 있다는 걸 경험하면서 청년은 자신의 전락을 절실하게 느낀다. 그 어떤 관념보다 배고픔이 현실을 생생하게 가르쳐 준다.

가출 사흘째, 도쿄의 부잣집 도련님은 마침내 구리광산에 도착했다. 여기까지가 이 소설의 절반이다. 나머지 절반은 청년이 단 하루 땅속 깊이 내려가 갱내를 체험한 이야기이다. 이 짧은 며칠 동안 생사를 오가는 성찰과 인간 존재에 대한 새로운 인식이 솟아난다.

소세키는 마치 직접 체험한 것같이 촘촘하게 갱부의 현장을 묘사하고 있다. 한 컷 한 컷 동영상을 보는 것처럼 생동감이 있는 문체다. 소세키는 주로 자신의 일상과 주변 인물들을 소재로 소설을 썼는데 『갱부』는 유일하게 다른 사람의 체험담을 듣고 쓴 소설이다. 어디부터가 실제체험이고 어디까지가 소세키의 상상력과 사유가 덧붙여져 있는지는 알 수 없지만 여느 작품보다 드라마틱하다. 막장 인생이라고 부르는 밑바닥에서 청년은 무엇을 배우게 될까. 삶의 나락으로 떨어져 본 사람은 무슨 힘으로 밑바닥에서 일어서게 될까. 이 작품은 좌절과 전락의 경험이 인생에 대해 무엇을 가르쳐 주는가라는 질문을 던진다.

2. 이질적인 존재와의 만남

광산에는 만 명이 넘는 사람들이 들어와 있다. 갱부가 되려면 조수일부터 시작해야 하는데 일당 35전으로 버텨야 한다. 일당의 5퍼센트는 십장에게 내고, 이불 빌리는 데 6전, 밥값으로 14전 5리를 내고 나면 남는 게 없다. 남는 돈이 있다 한들 갱부들은 주사위 도박을 하고, 색주가에 돈을 바치느라 빈털터리가 된다. 더러 학교 교육을 받은 서생이 들어왔어도 열흘을 견디지 못하고 떠나갔다. 하루에 두세 명은 도망치고, 거의 매일 죽는 사람이 나온다. 청년은 도착한 첫날부터 사체를 운구하는 장례행렬을 보았다. 방 안에는 병이 들어서 진 빚 때문에 마누라를 저당 잡힌 갱부가 죽은 듯이 누워 있다.

　다음 날 청년은 갱내를 견습하러 내려간다. 동굴 속은 칠흑

같이 깜깜하다. 불을 밝히는 칸델라르에 물이 떨어져 곧 꺼질 것처럼 지지직 소리가 난다. 다이너마이트가 터지는 굉음 소리와 매캐한 연기로 자욱한 진흙 굴을 기어가고, 허리까지 차는 물에 빠지고, 90도 각도로 깎아지른 절벽을 출렁거리는 사다리를 타고 내려간다. 사다리를 열다섯 개나 내려가야 하는 깊은 막장이다. 청년은 이러다 죽겠구나 하는 생각에 의식이 희미해진다. 차라리 사다리를 잡은 손을 놓아 버리고 거꾸로 떨어져 머리가 박살나면 좋겠다는 죽음충동에 사로잡힌다. 딱 하루였지만 광산의 실상을 파악하기에 충분한 시간이다.

하얀 얼굴의 지식인이 검은 갱부로 전락하는 체험은 어떤 변화를 만들어 냈을까. 하나는 신체의 변화고 또 하나는 인식의 변화이다. 몸도 마음도 바뀌었다면 다른 사람이 되었다는 뜻이다. 우선 신체로 말하자면, 청년이 광산에 도착했을 때 느낀 최초의 감정은 당황스러운 이질감이다. 갱부들은 평소 그가 보아 왔던 사람의 얼굴과는 완전히 달랐다. 시퍼렇고 새까만 안색은 도회지에서는 상상할 수 없었던 얼굴이다. 광대뼈는 높이 솟아 있고 눈은 움푹 들어갔다. "요컨대 살이라는 살은 모두 퇴각하고 뼈라는 뼈는 모조리 함성을 지르며 나아간다"(『갱부』, 167쪽)고 할 만한 짐승 같은 얼굴이다.

갱부들의 거칠고 난폭한 눈빛을 보고 청년은 완전히 기가 죽는다. 갱부들도 청년에게 이질감을 느낀다. 그들은 청년이 학교 교육을 받으며 곱게 자란 도련님이라는 걸 한눈에 알아챈다. 갱부들은 "여기가 지옥의 입구야. 들어갈 수 있겠어?" 하면서 청년을 조롱한다. 너같이 연약한 사람이 할 수 있는 일이 아니니 어서 돌아가라고 한다. 막장까지 와서도 조롱과 모욕을 당하는 인생이라니, 청년은 자신을 둘러싸고 있던 포장이 허울에 불과했다는 것을 실감한다.

광산에서 잠을 자는 첫날 밤, 청년은 빈대가 물어 대는 통에 이불도 못 덮고 기둥에 기대어 앉아 밤을 새웠다. 그런데 그토록 괴롭히던 빈대가 이삼일이 지나자 아프지가 않다. 그에게도 '살에 품격이 생겨' 빈대가 두 손을 든 건지 물지 않는다. 청년도 갱부와 '같은 냄새'가 나는 인간으로 바뀐 것이다. 청년의 눈에 짐승처럼 보였던 갱부의 얼굴이 이제는 평범하게 보인다. 이질적인 타자였던 갱부들이 자신과 같은 인간으로 보이는 변화이다. 타인에게서 동질감을 발견할 때 그 사람의 고통이 보이고 공감할 수 있다. 이질적인 존재와 만나는 전락의 체험은 다른 신체로 거듭나게 한다.

청년의 인식의 변화라면 광산으로 오는 길에서부터 시작된다. 조조 씨가 돈을 벌게 해준다는 말에 선뜻 길을 나서는 빨간 담요와 떠돌이 꼬마를 보며 청년은 자문한다. 그동안 내가 사는 문제를 너무 심각하게 생각했던 걸까? 어떻게 저리 쉽게 인생을 선택할 수가 있지? 청년은 놀랍기만 하다. 청년은 사람이 사람을 끌어당기는 힘이 얼마나 강한지를 느꼈다. 조금 전까지 죽음에 다가갔던 자신의 결심이 다른 사람의 힘에 이끌려 쉽사리 방향이 바뀌는 것을 보았다. 아주 사소한 계기로 삶에 대한 의욕이 생겼다. 처음으로 그는 '뿌리 뽑힌 사람들'에게 동질감을 느낀다. 지옥으로 가는 길이라도 길동무가 생긴 게 고맙다. 그는 "사람이 없는 지옥보다는 반드시 요괴가 있는 지옥을 택할"(『갱부』, 92쪽) 거라고 생각한다. 외롭게 혼자 있는 세상보다는 자신을 괴롭히는 요괴라도 누군가와 함께 있는 게 좋다는 인식의 전환이 흥미롭다.

3. 모순된 자아를 긍정하다

———————

여기서 뜻밖의 반전! 청년은 갱부가 되지 못한다. 건강진단을 받아 보니 기관지염에 걸린 게 드러났다. 폐병으로 발전할 수 있기에 갱내에는 못 들어간다. 대신 청년은 한바(飯場) 관리사무실에서 장부 정리하는 일을 하게 되고, 5개월 후 도쿄로 돌아온다. 비록 지식인의 테두리를 벗어나진 못했지만 지옥에서 한철을 보낸 청년은 분명 다른 사람으로 변모했다.

소설 초반에 보여 주는 청년의 자의식은 상류층의 도련님을 벗어나지 못했다. 광산에 도착한 날 청년은 갑자기 눈물이 나올 뻔한다. 한바 책임자가 "당신은 날 때부터 노동자는 아닌 것 같은데…" 하며 당신이라고 호칭을 높여 주었기 때문이다. 청년은 자신이 인정받은 것 같아서 감격스럽다. 소설 후반의 청년은 달라졌다. 전락의 경험은 그에게 자의식에 대한 생각을 바꾸어 놓았다. "나도 그때 가출을 하지 않고 귀여운 도련님으로서 얌전히 성인이 되었다면, 내 마음이 끊임없이 움직인다는 것도 모른 채 움직이지 않는다, 변하지 않는다, 변하면 큰일이다, 죄악이다 하며 끙끙 앓다가 나이를 먹었다면…"(『갱부』, 113쪽) 어쩔 뻔했을까 청년은 생각한다.

> 병에 잠복기가 있는 것처럼 우리의 사상이나 감정에도 잠복기가 있다. 이때에는 자신이 그 사상을 가지고 있으면서도, 그 감정에 지배당하면서도 전혀 자각하지 못한다. 또한 그 사상이나 감정이 외계와의 관계도 의식의 표면에 드러날 기회가 없으면 평생 그 사상이나 감정의 지배를 받으면서도 자신은 결코 그런 기억이 없다고 주장한다. 그 증거는 이런 거라며 줄기차게 반대의 언행을 해 보인다. 하지만 옆에서 보면 그 언행은 모순되어 있다.(『갱부』, 62쪽)

그가 길 위에서 깨달은 것은 인간은 모순덩어리라는 사실이다. 무의식 속에 잠복되어 있는 감정과 생각을 모르기 때문에 인간은 자신이 모순된 행동을 하고 있다는 걸 자각하지 못한다. 사람의 마음이 끝없이 움직인다는 것을 모르면 변하는 자신을 자학하며 죄의식에 사로잡힌다. 타인에 대해서도 마찬가지다. 조건과 상황을 무시하고 불변의 마음을 강요하게 되면 결과는 뻔하다. 원망과 불신만 커진다.

모든 고통의 중심에는 자아가 있다. 자아에 집착하기에 번뇌가 자라난다. 고정불변인 양 자의식에 매달리는 믿음은 얼마나 허무맹랑한가. 인간은 "신까지도 애먹을 정도로 정리되지 않는 물건"(『갱부』, 24쪽)인 것이다. 자의식을 벗어나면 인정욕망에서도 자유로워진다. 다른 사람의 시선 때문에 괴로울 이유도 없다. 그러면 세상으로부터 도망칠 필요가 없다. 인간이 모순된 감정과 생각을 가진 존재라는 것을 긍정하고 나면 자신을 바라보는 눈이 달라진다. 타인을 이해하는 폭도 넓어진다.

청년은 자신이 별로 대단한 인간이 아니라는 것, 죽을 것같이 괴로웠던 세상의 평판도 무의미하다는 것을 알게 되었다. 자신을 칭칭 동여매고 있던 자아라는 쇠사슬을 벗어던질 때 그는 한층 고양된 존재가 된 것을 느낀다. 자아를 버리는 체험이 묘하게도 삶의 활력소가 된다. 청년은 그동안 집착하던 자신의 틀 밖으로 나갈 수 있었다.

4. 죽음의 유혹에서 싹트는 삶의 열망

이 작품을 읽으면 절망의 끝자락에 가 본다는 것이 어떤 의미가 있는지 성찰하게 된다. 살다 보면 크고 작은 인생의 굴곡을 겪기 마련이다. 돈이 무진장 많아서 아무 근심 걱정이 없을 것 같은 집안도 송사와 다툼이 끊이지 않고 공개적으로 망신을 당하며, 승승장구 잘나가던 사람도 수치스럽게 몰락하는 모습을 우리는 흔히 목격한다. 나는 인생이 굴러가는 운동법칙은 직선운동이 아니라 파도치듯 오르막과 내리막을 거듭하는 파동운동이라고 생각하고 있다.

논술학원을 운영하고 있었던 내 친구에게 들은 이야기이다. 어느 날 그 학원에 다니던 중학생이 자살을 했다는 소식이 장안에 파다했다. 전문직 직업을 가진 부모에 집안도 유복했고 학교에서 전교 1등을 줄곧 유지하던 학생이었기에 사람들은 왜 죽었는지 모르겠다고 고개를 저었다. 그런데 그 학생이 죽은 날 그의 누나가 수업을 받으러 왔다고 한다. 동생의 장례식도 안 마쳤는데 어떻게 학원을 왔느냐고 물으니 누나는 "엄마가 학원 빠지면 안 된다고 해서 왔다"고 대답했단다. 자살 소식 못지않게 놀라운 일이다. 원장은 당장 그 엄마를 만나러 가서 "지금은 충분히 동생의 죽음을 애도하고, 누나의 정신적 충격을 돌봐야 할 때"라고 조언했다고 한다. 몰락에 대처하는 법을 몰라서 살던 대로 사는 습관의 무서움을 보여 주었던 사건이다.

또 하나, 내가 학원을 경영할 때 겪은 일이다. 특목고나 자사고를 지원하는 학생은 자기소개서를 써야 한다. 소개서 항목 중에는 "내가 겪은 위기는 무엇이며 어떻게 위기를 극복했는가"라는 질문이 늘 포함되어 있었다. 어떤 특출난 재능이 있는지 어떻게 열심히 학업을 해왔는지에 대해서는 곧잘 쓰는 학생들이 이 질문 앞에서는 속수무책이었다. "무슨 위기가 있었어야지, 하다못해 우리 부모는 이혼도 안 하고…" 아이들은 투덜거렸다. 성적이 떨어지는 고민 외에는 경험의 폭이 너무 좁았다. 우리 사회는 어른들이 모든 걸 방어해 주고 미리 결핍을 충족시켜 주기에 아이들에게는 좌절할 기회조차 주어지지 않는다. 홈 파인 공간은 균질화된 삶을 강요하고 있다. 하지만 인간이라면 자아에 대해, 인생에 대해 실존적 고민을 피해 갈 수 없는데 누가 위기에 대항하는 면역력을 대신해 줄 수 있겠는가.

나는 전락의 체험은 극단적인 파국으로 가기 전에 실낱같은 돌파구를 발견할 기회가 아닌가 생각한다. 넘어질 수는 있다. 문제는 어떻게 몰락한 자리에서 일어서는가이다. 『갱부』의 청년도 광산이라는 마지막 완충지를 만나지 못했다면 죽음으로 향하는 가속도를 견디지 못했을 것이다. 가출은 했지만 청년에게 죽음에 대한 의지는 거의 없었다. 죽고 싶다는 심정을 여러 번 토로하지만 그것은 어떻게든 살고 싶다는 마음의 굴절된 표현이다. 죽을 때 죽더라도 폼 나게 자살해야 한다는 허영심을 보여 주지 않던가. 변소나 창고에서 목을 매는 건 저속하고, 갱내에서 광석처럼 굴러떨어져 죽는 건 개죽음이다. 기왕이면 게곤(華嚴) 폭포에 가서 멋지게 자살해야지 생각하며 청년은 죽을힘을 다해 갱내 사다리를 올라갔던 것이다.

절망의 바닥으로 굴러떨어지는 체험은 죽음에 대한 성찰과 맞닿아 있다. 관념으로 여겨 왔던 죽음이 절실한 자신의 문제로 다가온다. 청년이 자살하기에 딱 좋은 장소로 삼았던 게곤 폭포는 소세키와도 매우 관련이 깊은 곳이다. 게곤 폭포는 당시 유행하던 염세주의에 빠진 청년들이 자살하러 가던 대표적인 장소였다. 여기서 잠깐 '소세키와 청년'에 대해 빼놓을 수 없는 사건을 소개한다.

1903년 영국 유학에서 돌아온 소세키는 그해 4월부터 제일고등학교에서 영문학을 가르치고 있었다. 그 학교에는 후지무라 미사오라는 최연소 학생이 있었는데 아버지가 사업 실패로 자살한 후 큰아버지 집에서 살고 있었다. 미사오는 공부에 뜻이 없어 발표를 시켜도 준비해 오지 않았다는 말만 반복했기에 소세키가 예습을 해오지 않으려면 수업에 들어오지 말라고 질책했다고 한다. 미사오는 5월 22일 게곤 폭포에 가서 투신자살했다. 유서에는 "세상에 쓸모없는 몸, 살아갈 가치가 없음을 느낀다"고 썼고, 폭포 옆에 있던 나무에 "삼라만상의 진실은 불가해(不可解)"라는 말을 남겼다고 한다.

삶에 대한 번뇌와 비관을 못 이겨 자살한 제자 때문에 소세키는 큰 충격을 받았고 괴로워했다. 6월부터 소세키는 신경쇠약이 급격하게 악화되어 한밤중이 되면 불같이 화를 내고 물건을 집어던졌다. 몇 개월간이나 부인을 친정으로 보내 버릴 정도였다. 소세키가 앓았던 신경쇠약은 이듬해 소설을 쓰기 시작하면서 완화되었는데 그때부터는 위장병으로 고생을 한다. 부인 교코의 회상에 의하면 글을 못 쓰는 시기에는 신경쇠약이 도지고 글을 열심히 쓰는 시기에는 위장병이 악화되는 딜레마의 연속이었다.

갱 안에서 청년은 죽음의 문턱을 경험한다. 청년에게 삶의 불씨를 발견하도록 도움을 준 사람은 지하에서 만난 갱부 야스 씨이다. 그는 고등 교육을 받은 지식인이었는데 뭔가 사회가 용납하지 않는 치정관계에 얽혀서 도망쳐 온 사람이다. 야스 씨는 자신은 죄를 지었다고 인정할 수 없는데 죄를 묻는 사회를 받아들일 수 없어서 광산에 숨어들었다. 갱부 생활 6년차의 야스 씨는 청년의 미래를 보여 주는 거울이다. 그는 청년에게 여비를 줄 테니 집으로 돌아가라고 권한다. 솔직히 "학문을 한 사람이 갱부가 되는 건 일본에 손해이니 일본에 도움이 되는 직업을 구하라"는 뜬금없는 충고 때문에 청년이 삶의 의지를 되찾은 건 아니다. 자기를 알아주는 사람을 만났다는 안도감, "상대가 너무나도 훌륭했으므로 나도 되도록 훌륭하게 행동하고 싶다"(『갱부』, 286쪽)는 호감, 야스 씨가 전락했으면서도 "살아서 일하고 있다. 살아서 깡깡 두드리고 있다. 살아서… 자신을 구원하려 하고 있다"(『갱부』, 290쪽)는 걸 보며 죽는 것은 나약한 짓이라는 걸 스스로 깨친 것이다.

청년은 아무리 힘들어도 삶을 견딜 수 있다는 것을 알게 된다. 맨 밑바닥까지 내려갔으니 올라올 일만 남아 있다. 죽음에 대한 욕망이 아주 작은 계기로 삶의 의욕으로 전환한다는 것도 인생 막장에 도달해서 얻은 지혜다. 암흑 속을 헤매던 청년이 야스 씨와 만나는 대목에 이르러 나는 영화 〈공동경비구역 JSA〉를 떠올렸다. 적막하고 아득한 DMZ에서 소총을 든 이병헌이 길을 잃고 안개 자욱한 갈대밭을 헤매다가 지뢰를 밟는 장면이다. 사방은 광대무변의 수풀이다. 지뢰에서 발을 떼면 죽는다. 인적 하나 없는데 어디선가 짙은 안개 사이로 휘파람 소리가 들려온다. 이

윽고 북한군 송강호가 모습을 드러냈다. 남북한 병사들은 깜짝 놀라서 서로 황급히 총을 겨눈다. 지뢰를 밟은 데다 적군까지 만났으니 완전히 망했다. 절망한 이병헌은 간절한 눈빛으로 호소한다. 살고 싶다고. 살려 달라고…. 잠시 후 지뢰를 해체해 주고 유유히 돌아서는 송강호. 서서히 멀어지는 휘파람 소리, 그 감미로움, 그 미칠 듯이 따스한 사람 소리. 넘어진 사람을 삶의 밑바닥에서 일어서게 하는 힘은 그렇게 전해지는 따뜻한 에너지가 아닐까.

—

彼岸過迄

—

시시한 일상을 벗어날 수 없을까?

1. 진정 모험을 하고 싶은가

낯선 세상을 만나 기상천외한 사건에 휩쓸리는 것. 예측 불가한 인생의 거친 물살을 헤쳐 나가는 것. 여기에 위험을 무릅쓰는 용기가 더해졌을 때, 가슴 쫄깃한 긴장감과 살아 있음의 생동감을 느끼는 모험이 된다. 모험은 내가 갇혀 있던 좁은 지평을 벗어나서 나와 다른 삶의 현장을 만나는 활동이다. 흥분되고 신나는 모험을 하고 싶은가?

솔직히 따져 보자. 진정 모험을 원하는지. 말이 쉽지 일상을 벗어나는 일은 긴장되고 두렵다. 우리는 불확실한 모험을 시도하기보다는 오늘도 무사히, 안정된 삶을 지속하기를 희구한다. 10대 청소년들의 장래희망이 빌딩 하나 물려받아 임대료 받으며 사는 것이라니 무슨 말이 더 필요하랴. 우리는 일상에 조금이라도 균열이 생길까 봐 걱정한다. 그렇다고 관성의 법칙대로 굴러가는 일상은 행복한가? 안정적인 일상에는 반드시 권태가 따른다. 위험이라는 대가를 치를 것인가, 권태라는 비용을 감수할 것인가. 삶의 셈법은 권태로운 일상과 아슬아슬한 모험, 그 사이에서 곡예를 부리는 것이다.

큰딸은 몇 년 전까지 제법 좋은 대우를 받으면서 대기업을 다니고 있었다. 딸은 일요일 밤 〈개그콘서트〉가 끝나는 시그널

뮤직이 흘러나오면 장송곡처럼 들린다고 했다. 월요일이 다가오는 소리다. 몇 시간만 지나면 새벽 별빛을 가르고 집을 나서서 사람들로 미어터지는 지하철을 타야 한다. 회사라는 조직은 연초에는 도저히 이루지 못할 높은 목표를 세우지만 연말이면 기어이 실적을 달성하게 만드는 사이클로 돌아간다. 딸은 반복적인 그 사이클이 너무나 지루하다고 했다. 결국 딸은 잘 다니던 직장을 때려치웠다. 3년간 모은 월급을 가지고 지구를 한 바퀴 돌고 오겠다고 했다. 사표를 내는 사유부터 얼마나 낭만적이며 허무맹랑해 보이는지. 딸이 20킬로그램이나 되는 엄청난 배낭을 짊어지고 몽골 초원으로 떠났을 때 나는 알았다. 내가 모험을 지극히 관념적으로 생각하고 있었다는 것을.

나 자신이 누구보다 틀에 박힌 것을 싫어하고 자유를 열망하는 사람인 줄 알았는데 착각이었다. 세계일주라니, 그것도 20대 미혼 여성이 혼자서? 오만 걱정이 밀려왔다. 납치, 절도, 사고, 부상, 질병, 온갖 몹쓸 경우의 수를 상상하며 말도 못하고 속으로 애를 태웠다. 나는 100년 전 개화기 때 현해탄을 건너 공부하러 갔던 신여성들을 떠올렸다. 어린 딸을 일본으로 유학 보낸 어머니들이 신여성보다 더 대단하게 여겨졌다. 핸드폰도 있고 인터넷으로 촘촘하게 이어져 있는 세상인데도 이럴진대 그 시절 조선의 어머니들은 얼마나 불안했을까. 또 얼마나 담대했던가.

8개월의 시간이 강물처럼 흘러갔다. 딸은 시베리아 횡단열차를 타고 유럽으로 건너갔다가 남미를 거쳐 멕시코에서 스킨 스쿠버 자격증까지 따고 새카맣게 그을린 얼굴로 돌아왔다. 몇 개국 몇 개 도시를 거쳤는지는 일일이 알지 못한다. 무사히 집으로 돌아온 딸은 이제 한국인이 아니라 "지구인이 되었다"고 말했다. 안정적인 직장을 버리고 모험을 선택한 덕분에 딸은 세계여행에서 얻은 풍부한 이야깃거리를 동력 삼아 새로운 진로를 찾았다.

누구나 다 직장을 버리고 여행을 떠나라는 말은 아니다. 에너지가 팽창하는 젊은이가 지겹게 반복되는 일상을 못 견디는 것을 이해한다는 애기다. 나는 소세키가 쓴 『춘분 지나고까지』(彼岸過迄; 『아사히신문』 1912년 1월~4월 연재)를 읽으면서 "모험"이라는 키워드를 발견하고 매우 상쾌한 기분이 들었다. 100년 전의 일본의 청년도 우리와 비슷한 문화적 행태를 보여 주다니 이 소설에 등장하는 '모험을 꿈꾸는 청년'이 상큼발랄하게 다가왔다.

소설의 첫 문장은 이렇게 시작된다. "게이타로는 얼마 전부터 해온 별 성과도 없는 취직 활동과 그 분주함이 다소 지겨워졌다."(『춘분 지나고까지』, 송태욱 옮김, 현암사, 2015, 20쪽) 청년은 벌써부터 삶의 권태를 느낀다. 그는 먹고살기 위해 분주하게 애쓰는 일이 지루하다. 매일 먹는 하숙집 반찬도 신물이 난다. 게이타로는 따분한 일상을 벗어나 변화무쌍한 사건을 경험하고 싶다.

오죽하면 "전차를 타고 이리저리 돌아다녀도 소매치기도 못 만난다"고 투덜거릴까. 소세키는 이 청년을 묘사하면서 "낭만적"이라는 단어를 10회 가까이 사용했다. 낭만(浪漫)은 소세키가 로맨틱(romantic)을 일어로 번역하면서 만든 단어라고 한다. 한자로 '물결이 일렁이며 흩어지다'라는 뜻이니 로맨틱을 표현하기에 잘 어울리는 것 같다. 지금은 로맨스라는 말이 남녀 사이에 오가는 달달한 연애감정을 일컫는 의미로 축소된 경향이 있지만 애초에 이 낱말이 등장했을 때는 형식적 규범과 딱딱한 질서를 벗어난 감정의 자유를 함축하고 있었다. 게이타로가 어떤 낭만적인 모험을 할 수 있을지 궁금증을 자아낸다.

2. 조각보처럼 이어지는 '귀로 듣는 모험'

게이타로는 취직 부탁을 위해 사업가 다구치를 찾아간다. 다구치는 '오늘 4시에서 5시 사이에 전차를 타고 와서 모 정거장에 내리는 마흔 살쯤 되는 사내를 미행하라'는 과제를 준다. 취업 능력을 테스트하는 미션이다. 그 사내에 대해 주어진 단서는 낡은 외투와 검은 중절모, 미간에 점이 있다는 것뿐이다. 소설 같은 일이 현실에서 일어났다. 탐정도 아니고 남의 뒷조사라니 게이타로는

'낭만적인 모험'을 할 수 있을지 가슴이 설렌다. 그는 편지에 적혀 있는 대로 정거장에서 미간에 점이 있는 남자를 찾아냈다. 어라? 정거장에는 순백색 비단 목도리를 두른 여자가 사내를 기다리고 있었다. 중년 남자와 젊은 여자라, 혹시 비밀스러운 내연의 관계가 아닐까? 게이타로는 흥미진진한 긴장감에 사로잡혀 그들을 몰래 뒤쫓는다. 하지만 두 남녀는 평범하게 식당에서 밥만 먹고 헤어진다. 미행은 허탈하게 끝났다.

다음 날 게이타로가 보고를 하러 가자 다구치는 두 남녀가 무슨 사이 같으냐고, 육체상의 관계가 있는 것처럼 보이더냐고 짓궂게 다그친다. 다구치는 미간에 점이 있는 남자의 이름이 마쓰모토라는 것과 그의 집 주소를 가르쳐 준다. 마쓰모토를 찾아간 게이타로는 미행 사실을 털어놓고 두 사람의 관계를 묻는다. 마쓰모토는 "고등매춘부라고 전해 주게"라고 응수한다. 이 말 역시 '뻥'이다. 전후사정을 알고 보니 두 남자는 뜻밖에도 처남·매부지간이었다. 다구치는 자기 딸과 외삼촌이 만날 약속을 미리 알고 익살스럽게 게이타로를 골려 준 것이다. 고약한 장난이지만 게이타로에겐 이것도 즐거운 모험이다.

마쓰모토는 자칭 고등유민(高等遊民)을 자처하는 사람이다. 고등유민도 소세키가 만든 단어인데 돈을 벌려고 안달하지 않고 여유 있게 시간을 즐기는 지식인을 일컫는다. 가난하지만 정신적 가치를 추구하는 유형이다. 게이타로가 세상과 접촉한 첫 모험은 싱겁게 끝났지만 품격 있는 고등유민도 알게 되었으니 성과가 없다고는 할 수 없다. 그는 정직한 태도를 인정받아 직장도 소개받았다. 모험도 즐기고 일자리도 얻고 정말 낭만적이다.

『춘분 지나고까지』는 조각보 같은 소설이다. 조각보는 아무 맥락 없이 형형색색의 헝겊조각을 이어 붙인 것처럼 보여도 전체적으로는 통일된 문양을 이룬다. 일정한 패턴이 크고 작은 규모로 변주되는 프랙털 구조이다. 이 소설은 여러 사람의 이야기가 조각보처럼 짜임새 있게 얽혀 있다. 세 명의 화자가 옴니버스 형식으로 끌고 나가고 있는 구성은 어찌 보면 산만하다. 기승전결로 구성되는 근대소설의 문법으로 보면 아주 생소하고 엉성한 구성이다. 소세키는 왜 이런 식으로 짜깁기를 했을까?

1912년 1월 소세키가 『아사히신문』에 소설 연재를 시작하면서 쓴 머리말을 보자. "예전부터 나는 각각의 단편을 쓴 뒤에 그 각각의 단편이 합쳐져 하나의 장편이 되도록 구성하면 신문소설로서 의외로 재미있지 않을까 하고 생각했다."(『춘분 지나고까지』, 18쪽) 소세키는 단편소설끼리 꼬리를 물고 이어지는 구성을 시도했다. 모리모토가 게이타로에게 뱀조각 문양의 지팡이를 남겨 주고, 게이타로는 그것을 들고 마쓰모토를 미행하게 되고, 그 지팡이 때문에 마쓰모토가 게이타로를 기억하게 되는 식으로 바느질이 엮어진다.

각 인물에 대한 정보도 조금씩 감질나게 밝혀진다. 『춘분 지나고까지』는 추리 기법이 돋보이는 작품이다. 과거의 사건들을 양파처럼 한 꺼풀씩 다 벗겨 내고 나서야 그 사람이 왜 그렇게 행동했는지 짐작할 수 있다. 복선이 많이 깔린 추리 기법은 이 소설을 읽는 색다른 매력이다. 예컨대 스나가가 지요코를 좋아하면서도 왜 결혼하지 않으려고 뻗대는지는 그의 출생의 비밀을 알아야 한다. 스나가의 아버지가 죽자 어머니는 돌연 나지막한 목소리로 "아버지가 돌아가셨어도 엄마가 지금까지처럼 귀여워해 줄 테니까 안심해" 하고 말한다. 뭔가 야릇하다. 스나가의 불안과 의혹이 시작된다. 이상한 직감의 정체는 소설이 끝나 갈 때에야 그 진실이 밝혀진다. 풀릴 듯 말 듯 답답했던 스나가의 행동이 아, 그래서 그랬구나 이해하게 된다.

오늘날 삼포세대로 일컬어지고 있는 청년들이 스나가라는 청년과 근접해 있는지도 모르겠다. 스나가는 세상과 접촉할 때마다 몸을 사리는 성격이다. 머리는 쉬지 않고 복잡하게 작동하지만 행동은 꾸물댄다. "자신이라는 정체가 그토록 이해하기 힘든 것일까?" 자문하며 깊은 내면으로 끌려 들어간다. 자아에 몰두한다고 해서 자신의 마음을 정확하게 파악하느냐 하면 그것도 아니다.

스나가는 다른 남자와 있는 지요코를 보고 질투심의 불길에 휩싸이면서도 이건 절대 질투가 아니라고 부인한다. 그는 솔직하고 적극적인 여자를 대하기가 두려워서 아예 관계 밖으로 도망쳐 버린다. 좋아하는 여자를 얻기 위해 경쟁을 해야 한다면 기권이다. 그는 사랑을 시작하기도 전에 실연의 상처를 쓸쓸히 어루만진다. '머리와 가슴이 다툴 때마다 늘 머리의 명령에 굴종해 온' 그에게는 그야말로 가슴 뜨거운 모험이 필요했던 것이다. 사랑보다 더 큰 모험은 없으니까.

이 소설을 쓰기 전, 소세키는 1년 반 동안 글을 쓰지 못했다. 위궤양이 악화되어 죽을 고비를 넘겼다. 몸이 회복될 무렵 다섯째 딸 히나코가 급사한다. 소세키는 갑작스러운 딸의 죽음으로 "정신에 금이 갔다"고 할 정도로 충격을 받았다. 그로부터 두 달 후, 소세키는 『춘분 지나고까지』를 쓰면서 딸의 이야기를 액자소설처럼 삽입해 넣었다. 비가 오는 날이면 손님을 만나지 않는 마쓰모토의 이야기가 그것이다.

두 살밖에 되지 않은 아기가 밥을 먹다가 영문도 모른 채 쓰러진다. 비가 내리던 날이었다. 급히 달려온 의사는 딸의 사인을 찾지 못한다. 아무런 인과관계도 없이 불가사의한 운명 앞에 내던져질 때 무엇을 할 수 있을까. 아기의 장례식은 무서울 정도로 고요한 침묵에 휩싸인다. 그날 이후 마쓰모토는 비가 오는 날이면 손님을 만나지 않고 돌려보낸다. 자식을 가슴에 묻은 애절함이 극도로 절제된 모습으로 표현되어 있다. 소설은 인생의 단면을 모아 놓은 조각보 같다고나 할까.

이 작품은 스나가가 여행을 떠나는 것으로 끝난다. 그는 세상을 순례하면서 자신이 변모하고 있다는 느낌을 기쁘게 받아들인다. 자유로운 공기를 맡게 된 것이다. 소설 맨 앞에는 모리모토라는 사내의 여행담이 있다. "모든 모험은 술로 시작하네. 그리고 여자로 끝나지" 하면서 그리스인 조르바처럼 풍성한 인생역정을 게이타로에게 들려주었던 남자다. 소설 앞뒤로 여행과 모험을 배치시킨 수미상관의 구성이 쌈박하다.

3. 일상의 차이를 변주하라

이 소설에는 다양한 성격과 사연을 지닌 인물들이 나온다. 파란만장한 굴곡으로 가득 찬 모리모토의 인생 이야기, 복잡한 내면으로 파고드는 스나가의 연애 이야기, 유능한 실업가 다구치의 짓궂은 장난과 고등유민 마쓰모토의 개성 있는 삶, 모두가 흥미로운 이야깃거리이다. 소세키는 이것들을 하나로 엮는 키워드로 '모험'이라는 단어를 가져왔다. 이들의 인생 이야기는 역동적으

로 세상과 마주하고 싶었던 게이타로에게 '귀로 듣는' 모험이 된
다. 간접적으로 경험하는 세상사도 비타민 같은 활력을 준다. 게
이타로는 주변 사람들을 통해 호기심을 대리 충족해 나간다. 모
험은 멀리 있는 게 아니라 일상이 확장되는 과정에 있었다.

'귀로 듣는 모험'은 이로써 끝이 났다. 남은 것은 우리도 다채
로운 이야기로 삶의 조각보를 채울 수 있느냐의 문제다. 이 질문
은 어떻게 지루한 일상을 새로움이 솟아나도록 변주할 수 있을까
의 문제로 연결된다.

> 이 불행을 행복으로 바꾸기 위해서는 안으로, 안으로만 향하는
> 생명의 방향을 거꾸로 돌려 밖으로 몸을 사리게 하는 수밖에
> 없다.(『춘분 지나고까지』, 312쪽)

소세키가 알려 주는 팁은 생명력의 방향을 밖으로 "전환"시
키는 것이다. 자기 안으로 파고들어서는 생명력을 발산할 수 없
으니 자의식의 우물에서 빠져나와 넓은 관계망을 통해 뻗어 나가
라는 말이다. 들뢰즈 식으로 표현하면 '리좀'(rhizome)과 같은 작
동방식이다. 리좀은 수직적으로 뿌리를 내리는 수목이 아니라 사
방팔방 뿌리줄기를 뻗어 나가는 덩굴식물이다. 리좀은 자아라는
중심을 고집하지 않고 유연하게 활동을 뻗어 나간다. 누구와도

접속하고 무엇으로도 변화할 수 있는 활동성 그 자체이다. 모험이란 리좀처럼 중심을 벗어나는 탈주이며, 무한 반복되는 일상에서 작은 차이를 만들어 내는 활동성이 아니겠는가.

내 경험을 말하자면 대구에서 학원을 운영하고 있던 내가 감이당에 가기 위해 기차를 탄 행위가 리좀이 작동하기 시작한 순간이다. 책이라면 평소 혼자서도 읽어 왔지만 일주일에 한 번씩 사람들과 모여 공부하는 것은 전혀 다른 모험이었다. 크리슈나무르티의 『아는 것으로부터의 자유』를 읽었던 날이 기억에 남는다. 이 책에 인상적인 우화가 나온다. 어떤 사람이 진리를 찾으러 신을 찾아갔다. 신은 먼저 물 한잔을 떠 오라고 했다. 그 남자는 물을 뜨러 옆집에 갔는데 마침 예쁜 여자가 살고 있었다. 그는 여자와 결혼해서 아이를 낳고 잘 살아간다. 그러던 어느 날 홍수가 나서 아내도 아이도 다 떠내려가게 될 지경이 되었다. 다급해진 그는 다시 신을 찾아가서 구해 달라고 간청한다. 그때 신이 묻는다. "물은 어디 있는가?"

이 에피소드가 말하는 바가 무엇이냐고 곰샘(고미숙 선생님의 애칭)이 우리에게 물었을 때, 나는 '그 신 진짜 목 말랐나 보다' 하는 생각이 들었지만 "인생은 타이밍?"이라고 답할 준비를 하고 있었다. 곰샘은 "진리는 물 한잔처럼 쉬운 거다. 평범한 진리는 무시하고 나중에 찾겠다면서 몇 천 년 동안 인류가 괴로워하는 것"

이라고 말했다. 내가 생각해 본 적이 없는 색다른 해석이었다. 머리를 땅 때리는 울림이 있었다. 책을 읽고 다양한 의견을 나누는 즐거움을 알게 되었다. 에세이를 발표하고 합평하는 공부는 다른 일상을 만들어 냈다. 글을 쓰느라고 고민하는 날들이 매일매일 새로웠다. 작가라야 글을 쓴다는 고정관념이 깨지고 글을 쓰면 누구나 작가라고 생각이 바뀌었다.

4년을 계속 공부하러 다니자 내 친구들은 염려스러운 눈길을 보냈다. 그 나이에 공부할 게 뭐 그리 많으냐고, 공부가 뭐 그리 재미있냐고 미심쩍어했다. 박사 과정을 다녔으면 지금쯤 대학 강사라도 됐을 텐데 왜 그러고 있냐고 충고하는 친구도 있었다. 내 대답은 이랬다. 학원 원장 그만두고 대학 강사가 되면 뭐가 달라져? 공부를 돈벌이의 수단으로 삼으면 똑같은 반복이지.

나는 일상의 차이를 만들어 내는 공부만이 존재를 달라지게 한다고 믿는다. 그때 나를 염려해 주던 친구들이 하나둘씩 정년을 맞으면서 일상이 무료하다는 한탄을 한다. 나는 공부모임을 만들어서 책을 읽으라고 권한다. 세상은 넓고 책은 많다. 공부 벗들과 나누는 이야기는 끝이 없다. 나는 대구에 있는 인문학 공부모임 구인회에서 철학, 문학, 인류학, 자연과학 등 종횡무진 책을 읽으며 즐거운 공부를 계속하고 있다. 진리를 찾아가는 여정에 지루할 새가 없다.

공부를 하면 같은 24시간이라도 하루를 체감하는 시간의 밀도가 달라진다. 권태로운 일상은 세월이 쏜살처럼 흐른 것 같다. 반복되는 일상은 균질적인 덩어리로 기억되기 때문이다. 아주 사소한 가치라도 생성해 내고 나의 역량이 커진다는 실감이 있으면 권태를 이겨 낼 수 있다. 일상의 탈주란 삶을 싱싱한 활력으로 가득 차게 만드는 활동성이다. 누군가와 활동이 연결되고 의미를 나눈다면 삶의 조각보는 풍성한 시간으로 채색될 것이다. 삶을 질적 차이가 나는 일상으로 촘촘하게 구성한다면 그것이 모험이라고 나는 생각한다.

夏目漱石

우 미 인 초

虞美人草

독립적인 여성이 설 곳은 어디인가?

1. 결혼할 남자를 선택할 자유가 있을까?

『우미인초』(虞美人草; 『아사히신문』 1907년 6월~10월 연재)는 소세키가 대학교수를 그만두고 아사히신문사의 전속작가가 되어 처음으로 신문에 연재한 소설이다. 대중매체에 선보이는 첫 소설인 만큼 보편적인 대중성을 실험하는 작품이었다. '우미인초'는 항우의 애첩이었던 우희가 자결한 후 무덤 앞에 핀 양귀비꽃을 가리킨다. 경국지색을 상징하는 지극히 아름답고 고혹적인 꽃이다. 이 소설에서 새빨간 양귀비꽃에 해당하는 매력적인 도도녀는 후지오다. 그녀는 화려한 미모와 영리한 머리를 자랑한다. 자존심은 하늘을 찌른다. 화술도 뛰어나다. 한마디로 후지오는 웬만한 남자도 기가 죽는 '쎈' 언니라 하겠다.

신문 연재가 시작되자마자 『우미인초』는 선풍적인 대중의 인기를 끌었다. 어떤 드라마가 인기를 끌면 여주인공의 화장법은 물론 착용한 옷과 핸드백, 심지어 머리핀까지 유행하듯이 그때도 그랬다. 우미인초 반지, 우미인초 오미야게(御土産)기념품, 우미인초 유카타지와 같은 '굿즈'가 생산되어 불티나게 팔렸다. 그만큼 후지오라는 캐릭터는 대중에게 신선한 충격을 불러일으킨 새로운 여성상이었던 것이다.

당시 사회 풍속으로는 여성이 스무 살이 넘도록 시집을 못

(안) 가면 이상하다고 수군거리던 때였다. 후지오는 24세나 되었으니 결혼을 서두르지 않을 수 없는 노처녀이다. 하지만 그녀는 아버지가 돌아가시기 전에 정해 놓은 혼처가 성에 차지 않는다. 어릴 때부터 양쪽 집안에서 암묵적으로 결혼 상대로 인정해 온 남자는 무네치카인데 그는 얼마 전 외교관 시험에 떨어졌다. 무네치카가 앞날이 불투명한 취준생이라는 것도 흡족지 않지만 후지오가 그를 남편 상대로 꺼리는 이유는 따로 있다.

후지오가 보기에 무네치카는 맘대로 조종하기가 호락호락하지 않은 남자다. 후지오는 턱으로 신호를 보내면 달려오는 남자를 좋아한다. 강한 남자에게 자존심을 숙이면서 살아가는 아내가 되고 싶지는 않다. 집안끼리 정한 혼약에 순순히 따르지 않고 자기 마음에 드는 남편감을 직접 선택하려는 여성의 욕망은 성취될 수 있을까?

후지오가 남자를 선택하는 특별한 기준은 자기주도권이다. 그녀는 장난감처럼 쥐락펴락할 수 있는 남편을 얻고 싶다. 후지오는 자기 집에 와서 영어를 가르치는 오노와 썸을 탄다. 오노는 가진 것 하나 없는 고아지만 대학을 수석졸업해서 천황에게 은시계를 하사받은 수재이다. 조만간 박사학위만 따면 남편으로 삼기에 안성맞춤이다. 오노는 후지오의 말 한마디에 절절 매는 유순한 성격으로 여자가 길들이기 쉬운 남편감이다.

두 사람만 있는 방안에는 후끈 달아오른 감정의 기류가 흐른다. "이렇게 하면 돋보여요." 후지오는 오노의 조끼에 금시계를 달아 준다. "드릴까요?" 후지오는 곁눈질로 묻고는 이내 금시계를 떼어낸다. 후지오는 금시계를 줄 듯 말 듯 남자를 희롱한다. 금시계는 결혼을 약속하는 사랑의 징표이다. 후지오는 오노를 사랑의 포로로 삼기 위한 '밀당'을 즐긴다.

금시계는 원래 후지오의 아버지가 런던에서 사 오면서 무네치카가 졸업하면 주겠다고 약속했던 것이다. 무네치카는 금시계가 자신의 것이 될 거라 믿고 외교관이 되면 후지오와 결혼하겠다고 생각하고 있다. 하지만 후지오는 무네치카 집안과의 정혼을 무례하지 않게 깨는 절차를 궁리 중이다. 금시계는 오노의 것이 될 것인가, 무네치카에게 돌아갈 것인가. 후지오는 자기 뜻대로 사랑과 결혼에 대한 결정권을 휘두를 수 있을까?

2. 자극과 욕망이 뒤섞이는 환영의 불빛

신여성과 전통적인 여성, 도의와 욕망, 근대와 과거가 충돌하는 스토리텔링은 우리에겐 낯설지 않다. 『우미인초』는 근대소설의 전형적인 대립구도를 제시했다. 세계는 중첩되어 있다. 후지오를 사이에 두고 오노와 무네치카라는 두 남자가 삼각관계를 이룬다. 오노를 꼭짓점에 놓고 후지오와 사요코라는 두 여자가 삼각관계를 이룬다. 거기에 고노와 이토코까지 세 명의 남자와 세 명의 여자가 애정전선에 얽히고설키면서 갈등이 증폭된다. 여기서는 두 남자 사이에서 저울질하는 후지오의 입장을 중심으로 살펴보기로 하자.

후지오가 오노에게 마음이 기울어졌듯이 오노의 마음도 후지오에게 끌린다. 오노 입장에서 보면 곧 집과 유산을 상속받을 예정인 후지오와 결혼한다면 경제적 안정이 딸려 온다. 오노가 꿈같은 미래를 상상하고 있을 때 그의 발목을 잡는 장애물이 등장한다. 오노가 집도 절도 없이 험한 꼴을 당하던 고아 시절에 그를 키워 준 옛 은사가 딸 사요코를 데리고 도쿄로 이사 온 것이다. 은사는 오노가 학업을 마쳤으니 자기 딸과 혼인할 거라고 굳게 믿고 있다. 사요코도 오노를 남편으로 여기며 5년을 기다려 왔다. 은사 부녀는 오노가 외면할 수 없는 과거의 빚이다.

오노는 번민한다. 인간이라면 신세진 것을 갚아야 한다. 도리를 생각하면 가난한 은사 부녀를 돌봐야겠지만 부와 출세를 보장해 줄 여자가 따로 있다. 후지오가 도쿄를 상징한다면 사요코는 교토를 상징한다. 후지오가 금시계를 가지고 있다면 사요코는 거문고를 가지고 다닌다. 후지오가 근대를 연다면 사요코는 전통을 이어 간다. 후지오가 시대를 앞서간다면 사요코는 시대에 뒤처졌다. 도리와 욕망의 기로에서 오노는 눈을 질끈 감기로 한다. 오노의 마음은 과거의 족쇄를 버리고 욕망의 세계 쪽으로 기울어진다.

여섯 명의 남녀는 우연히 박람회장에서 운명적인 조우를 한다. 그들의 존재가 부딪히고 갈등이 극적으로 촉발되는 장소가 박람회장이라는 것은 매우 의미심장하다. 이 소설이 연재되고 있었던 1907년, 도쿄의 우에노 공원에서는 국제박람회가 열리고 있었다. "개미는 단것에 모이고 사람은 새로운 것에 모인다"는 말 그대로 박람회장은 새로운 것들의 집합체이다. 근대 서양문물의 정수가 모이는 곳이다. 박람회에 모이는 사람들은 새로운 욕망에 가득 차 있다.

문명인만큼 자신의 활동을 자랑하는 자도, 문명인만큼 자신의 침체에 괴로워하는 자도 없다. 문명은 사람의 신경을 면도칼로 깎고 사람의 정신을 나무공이로 둔하게 한다. 자극에 마비되고, 게다가 자극에 굶주린 자는 빠짐없이 새로운 박람회에 모인다. (……) 자극의 주머니에 대고 문명을 체로 치면 박람회가 된다. 박람회를 무딘 밤 모래로 거르면 찬란한 일루미네이션이 된다. 만약 살아 있다면 살아 있다는 증거를 찾기 위해 일루미네이션을 보고 앗 하고 놀라지 않으면 안 된다. 문명에 마비된 문명인은 앗 하고 놀랄 때 비로소, 살아 있구나, 하고 깨닫는다.

(『우미인초』, 송태욱 옮김, 현암사, 2014, 193~194쪽)

문명인은 끝없이 새로운 자극을 추구한다. 자극은 소유의 욕
망을 부추기고, 가질 수 없는 욕망은 환상처럼 부서진다. 박람회
장은 욕망과 환영(幻影)이 뒤섞여서 눈부신 불빛을 이룬다. 바로
이곳에서 후지오는 자신의 포로라고 믿었던 남자가 다른 여자와
같이 있는 장면을 발견했다. 오노가 은사 부녀를 안내해서 박람
회장에 온 것이다. 후지오는 "내 남자가 다른 젊고 아름다운 여자
와 친숙하게 마주보고 있을 때, 당목(撞木)으로 심장을 얻어맞은
기분"이었다. 자신의 소유라고 믿었던 실체가 한순간에 환영으로
바뀐다. 가질 수 없는 것도 탐하는 시대에 자기 것을 빼앗기는 것
은 더욱 참을 수가 없다.

경쟁에서 밀렸다고 생각하자 후지오는 질투의 팜므 파탈로
돌변한다. 분노와 질투에 사로잡힌 후지오는 파멸로 가는 쾌속열
차에 올라탔다. 그녀는 자존심 때문에 상대에게 진심을 드러내
지 못한다. 무네치카를 만나면 오노와 놀러 간다고 슬쩍 내비치
고, 오노를 만나면 무네치카와 박람회에 갈 거라고 슬쩍 흘린다.
남자의 질투심을 촉발하려는 얄팍한 책략이다. 후지오는 두 남자
사이에서 아슬아슬 줄타기를 한다. 이제 공중에서 헛발을 내딛는

수순만 남았다.

3. 가부장적 관행에 맞서는 여자는 악녀인가?

———————

소설의 결말은 예측하지 못한 방향으로 급반전한다. 오노가 은사의 딸 사요코와 혼인을 한다고 발표했기 때문이다. 오노는 느닷없이 진지하게 도의적인 책임을 다하겠다고 한다. 남의 약혼녀를 가로채고 남자들의 세계가 던지는 비난을 감수할 만큼 오노는 후지오를 사랑하지 않는다. 후지오는 오노의 배신에 당황했다. 그렇다면 어장 관리해 오던 무네치카가 있지 않은가. 후지오는 무네치카에게 금시계를 건넨다. 하지만 무네치카는 사정없이 금시계를 대리석 바닥에 내팽개쳐 버린다. 감히 다른 남자에게 마음을 준 여자에게 내리는 징벌이다. 시계는 박살이 났다. 후지오가 올라타 있던 줄은 끊어졌다. 자존심도 무참하게 무너졌다. 후지오는 정신을 잃고 쓰러진다. 그 길로 끝이다. '드센 여자'는 제 성질을 이기지 못해 죽고 말았다. 정말 뜬금없는 비극적 결말이다.

소세키는 왜 후지오를 죽여야만 했을까. 고대부터 사회는 여성을 일종의 재산으로 소유하고 처분하는 것을 당연하게 여겨 왔다. 여성은 자기 의지대로 사랑에 빠지거나 결혼을 결정할 권리가 없었다. 집안의 경제적 주도권을 잡고 있는 아버지나 오빠가 여성의 결혼을 결정할 권리를 쥐고 있었다. 여성의 인격적 권리조차 남성에게 달려 있었다.

후지오는 근대 문명이 낳은 신여성이다. 두 남자의 마음을 떠보면서 힘겨루기를 하는 후지오는 근대의 개인주의를 반영한다. 자신의 욕망을 솔직하게 표출하고 자기 의지대로 행동하는 새로운 여성상이 출현한 것이다. 후지오는 자기 주도적이고 당당한 여성이다. 하지만 때는 1900년대 초반. 사람들이 가지고 있는 사랑과 결혼에 대한 인식은 찬란한 문명의 속도를 따라잡지 못한다. 독립적인 여성은 가부장적 사회질서에 균열을 일으키는 악녀성으로 드러난다.

소세키는 후지오의 죽음을 오만한 클레오파트라의 파국에 비유하고 있다. 남자들의 세계에서 후지오의 자주적인 욕망은 허영이며 교만으로 배척받았던 것이다. 후지오는 소세키의 소설에 등장하는 여성들 중에서 가장 지독한 팜므 파탈이다. 앞서 소개했던 『산시로』에서 산시로에게 실연의 아픔을 안겨 주는 미네코도 남자들이 두려움을 느끼는 당찬 여성이지만 결국 오빠가 정해 주는 남자에게 시집을 가면서 현실과 타협하고 만다. 미네코보다 강한 후지오이지만 남성들이 짜 놓은 사회적 연결망 위에 설 자리는 없다. 그녀는 견고한 남성 중심의 질서에 도전하는 악녀로 비난받고 거부된다.

후지오의 패착이라면 자신의 마음을 진실하게 터놓을 수 없었던 데 있다. 남자에게 먼저 고백하지 못하는 그녀는 사랑을 하나의 소유로 여기고 경쟁에 몰두한다. 근대인은 교양과 체면으로 겉모습을 포장하고 본심을 속인다. 속마음을 숨기는 것이 생존경쟁에 유리한 사랑법이다. 소세키는 20세기의 대화법이 "바늘을 스펀지에 숨기고 상대에게 꽉 쥐게 한 후 상처가 나면 고약을 발라 주며 달래 주는" 방식이라고 꼬집는다. 사람들은 이해관계 때문에 진심을 드러낼 수가 없다. 겉과 속이 다르면 내면이 찢기는 형벌을 감내해야 한다. 그 결과 사람들은 소통 불가능한 타자로 고립되고 말았다. 소세키가 후지오의 죽음으로 모든 갈등을 봉합할 수밖에 없었던 것은 작가도 넘어설 수 없었던 시대적 한계가 아니었을까?

4. 후지오가 21세기에 살고 있다면?

근대처럼 변화의 속도가 극심한 시대는 없다. 20세기 초 20억 정도였던 세계 인구는 한 세기 만에 70억이 넘었다. 경제적 토대도 정치체제도 전혀 다른 사회로 변했다. 개인의 인권을 중시하는 시민사회가 형성되었지만 제도와 인식의 변화에는 간극이 있다. 여성이 남성에게 종속된 존재라는 인식은 크게 바뀌지 않았다. '아녀자'라는 단어가 말해 주듯 여성은 아동과 비슷한 보호 대상으로 취급된다. 여성은 남성이 고백해 주기를 기다리며 결혼의 주도권을 가질 수 없었다. 여성이 자기 힘으로 돈을 벌어서 결혼할 수 있게 되기까지는 오랜 세월이 걸려야 했다.

> 셰익스피어 시대의 영국에서 복종하지 않는 아내는 희극에 단골로 등장하는 소재였다. 고분고분하지 않은 아내를 제압하는 방법을 소개하거나 역으로 권위를 휘두를 줄 모르는 남편을 웃음거리로 삼는 것은 통속적인 문학 작품에 흔히 나오는 이야기다. 짧은 바지를 입은 아내와 아내에게 꼼짝 못하는 남편은 영국과 북유럽 전역에서 희극적 소책자, 만담, 목판화 등에 단골 메뉴로 등장했다. 입바른 소리를 한 여성들은 문학과 미술 작품 속에서 비난의 대상이 되었을 뿐만 아니라 실제로 "세상을 시끄럽게 한 죄"로 기소되어 법정에 서기까지 했다.(매릴린 옐롬, 『아내의 역사』, 이호영 옮김, 책과함께, 2012, 185쪽)

권력으로 아내를 제압하는 남편, 남편에게 종속된 아내가 만드는 결혼 풍속도는 시대가 변했어도 크게 달라지지 않았다. 남성에게 고분고분하지 않은 여성은 추문에 시달리거나 조롱거리가 된다. 부모의 반대를 무릅쓴 남녀의 사랑은 로미오와 줄리엣처럼 비극적 죽음을 피하기 어려웠고, 자기 취향이 뚜렷한 여성은 『말괄량이 길들이기』에서처럼 놀림감이 되었다. "당신은 아내이자 엄마야!"를 강요하는 남편에게 "나는 모든 것에 앞서 인간이야!"라고 선언하며 노라는 인형의 집을 나온다. 슬프게도 노라 앞에는 굶어 죽거나 거리의 여인으로 타락하는 길밖에는 경제적 자립의 기회가 주어지지 않는다.

21세기가 된 지금은 달라졌을까? 내가 결혼할 때만 해도 여자가 사회에 나와 경제활동을 하면 남자가 벌어 온 돈으로 집에서 편안하게 먹고살지 못하는 '팔자 사나운 여자'라는 말을 들었다. 같은 경제활동을 해도 여자는 남자들 임금의 절반에 미치는 대접을 받았다. 여자는 결혼을 하면 퇴직해야 한다는 결혼정년제가 만연해 있었다. 어디까지나 여자는 남자에게 경제적으로 종속된 식솔 취급을 받았기 때문이다. 1997년 우리나라에 IMF 경제위기가 닥쳤을 때 여자부터 구조조정의 대상이 되었다. 남자는 가장, 여자는 부양 대상이라는 인식은 지금도 남아 있다.

정년을 보장을 받던 평생직장이 사라지고 비정규직이라는 신종 개념이 등장하면서 고용시장이 불안해지자 새삼 돈 잘 버는 여자가 각광을 받고 있다. 이제는 여자도 직업이 없으면 결혼 시장에 이력서를 내밀지 못한다고 한다. 팔자 사나운 여자가 일등 신붓감으로 등장한 셈인가? 자존심 강하고 독립적인 여성이 마음대로 사랑의 대상을 선택하고 결혼할 수 있는 사회가 되었는가? 나이 차가 많이 나는 어린 여자와 결혼하는 남자를 보면 능력 있다고 부러워하는 세태를 보면 꼭 그런 것 같지도 않다. 요즘 '밥 잘 사 주는 예쁜 누나'가 대세라고 하지만 어디까지나 방점은 '예쁜'에 찍혀 있다. 미모는 기본이고 혹시 경제력이 출중한 여자라면 나이가 많아도 봐주겠다는 말이다.

소세키가 살던 시공간에서 100년을 건너온 지금 후지오가 살고 있다면 어떤 모습일까? 남편 뒷바라지와 자식 부양에 자신의 인생을 헌신하고 싶지 않다고 '나 혼자 산다'를 찍고 있을 가능성이 높다. 경제적으로나 정신적으로 독립을 원하는 여성들이 가부장적 질서 대신 선택한 '비혼'(非婚)의 역습이다.

이팔청춘 16세 전후면 혼인을 했던 과거에 비해 결혼적령기가 점점 늦어지고 있다. 보편적으로 학력이 높아질수록 성년으로 자립하는 나이도 미루어진다. 요즘은 30대가 되어도 경제적으로 독립하지 못하고 부모에게 기대어 생활하는 캥거루족이 늘어나는 추세다.

여성의 경우는 '취집'이라는 신조어가 등장했다. 취직을 못하면 시집이나 가라는 자조적인 말이다. 기업은 여성채용을 선호

하지 않는다. 직장에서 일을 좀 배워서 제 몫을 할 만하면 출산과 육아로 경력이 단절되기 때문이다. 내 경우도 시어머니와 친정어머니가 도와주지 않았다면 아이 둘을 키우면서 직장생활을 병행하기가 불가능했을 것이다.

이런 사회문화적 풍토에서 출산율 저하와 노령인구 증가로 인구구조가 불균형해지는 경향은 막을 수 없다. 사회의식이 바뀌지 않는 한 결혼을 포기하거나 아이를 낳지 않는 현상은 지속될 것이다. 과연 독립적인 삶을 원하는 여성이 설 곳은 어디인가?

明

暗

결혼의 엉킨 실타래를 풀 수 있을까?

1. 결혼의 빛과 그림자

사랑이 무어냐고 물으신다면? 누군가는 유행가 가사처럼 '눈물의 씨앗'이라고 답할 것이다. 사랑을 갈구하지만 상대방의 마음을 얻지 못해 쓴 맛을 본 사람이라면 그렇게 말할 수 있다. 혹은 사랑은 '얄미운 나비인가 봐'라고 말끝을 흐리는 사람도 있을 것이다. 눈앞에서 팔랑거리는 나비처럼 손에 잡힐 듯 잡히지 않지만 언젠가는 잡을 수 있다는 희망을 가진 사람의 대답이 되겠다. 내게 같은 질문을 묻는다면 '사랑은 바닷물'이라고 대답하겠다. 목이 마르다고 바닷물을 마시면 마실수록 더 목이 마르게 된다.

『명암』(明暗;『아사히신문』1916년 5월~12월 연재)은 사랑과 결혼을 둘러싸고 신경전을 벌이는 남녀의 내면을 보여 준다. 『명암』은 소세키가 죽기 직전까지 신문에 연재했던 마지막 소설이다. 작가는 병마와 싸우면서 장장 600쪽이 넘는 방대한 이야기를 썼다(현암사판 국내 번역본 기준). 소설가로서 가장 완숙한 시기의 작품이다. 소세키가 처음으로 신문에 연재했던 『우미인초』(1907년)에는 후지오라는 독립적인 여성이 나온다. 후지오는 자기 취향대로 남편을 선택하려 했다가 뜻대로 되지 않자 돌연한 죽음으로 생을 마감한다. 만약 후지오가 죽지 않고 결혼에 골인했다면 어떻게 되었을까?

『우미인초』로부터 9년 후의 작품인 『명암』(1916년)에서 소세키는 오노부라는 신여성 캐릭터를 만들어 냈다. 오노부 역시 자기 생각이 뚜렷한 주체적인 여성이다. 그녀는 후지오와 달리 자기 의지대로 결혼하는 데 성공했다. 10년 가까운 시간차를 두고 작가의 여성관이 어떻게 변화했는지 비교해 보는 것도 재미있는 관전 포인트가 되겠다.

이 소설은 결혼한 지 6개월밖에 안 되는 젊은 부부의 이야기로, 남편 쓰다가 치질 수술로 입원하면서 벌어지는 부부의 일상을 보여 주고 있다. 쓰다는 퇴근해서 집에 돌아와 현관문을 열기도 전에 안에서 몰래 지켜보고 있다가 먼저 문을 열어 주는 아내를 보고 깜짝 놀라곤 한다. 아내의 교태에서 뭔가 "번뜩이는 나이프의 빛"을 본 것 같다. 쓰다는 상황판단이 빠르고 영리한 아내가 내심 두렵다. 옅은 화장을 하고 있는 아내는 아름답지만 어쩐지 껄끄러운 기분이 든다. 호락호락 손 안에 들어오지 않는 아내가 그를 긴장시킨다. 이 여자는 왜 나를 남편으로 선택했을까. 쓰다는 그 이유를 알 수 없다. 쓰다에게 오노부는 다루기 힘든 아내였다. 속을 알 수 없는 아내는 쉽게 다가갈 수 없는 타자이다.

남편이라는 존재가 이해할 수 없는 타자이기는 오노부도 마찬가지이다. 오노부는 남편에게 사랑받기 위해 힘껏 애교를 떨며 남편 눈치를 본다. 자기 깐에는 고분고분한 태도를 취하지만 남편의 태도는 뻣뻣하다. 남편은 아내의 사랑을 일방적으로 스펀지처럼 빨아들이는 존재란 말인가, 오노부는 굴욕감을 느낀다. 결혼은 했으나 소유할 수 없는 사랑 때문에 아내는 속이 쓰리다. 주변 사람들은 속도 모르고 자상한 남편에게 사랑받고 사니 얼마나 행복하냐고 추켜세운다. 그녀는 "매일 씨름판 위에서 얼굴을 맞대고 씨름을 하고 있는 부부 관계"를 남에게 들키기 싫다. 보란 듯이 "난 행복해"를 과시하고 싶다. 오노부는 사랑의 불가능성 때문에 초조하고 잃어버린 처녀 시절의 자유의 향기가 그리워 새장 속에 갇힌 작은 새처럼 희미하게 한숨을 내쉰다.

『명암』은 소세키 작품 중에서 가장 분량이 많고, 가장 많은 등장인물이 나오며, 가장 드라마틱한 긴장감을 불러일으킨다. 은밀하게 신경전을 펼치는 부부, 노골적으로 반목하는 시누이와 올케, 남의 인생에 끼어드는 오지랖 대마왕들, 쓰다의 과거를 빌미 삼아 삥 뜯는 친구까지 여러 인물들의 관계가 입체적으로 얽혀 있다. 상대방의 마음을 탐색하는 이 부부의 신경전을 보고 있노라면 사랑이 무엇인지, 결혼은 또 무엇인지 회의가 밀려온다. 서로를 견제하며 심리전을 펼치면서 남들 앞에서는 사랑과 행복을 연기하는 쇼윈도 부부는 헝클어져 버린 결혼의 실타래를 풀 수 있을까?

2. 수평적인 부부관계를 실험하다

결혼 전 오노부는 아버지의 심부름으로 책을 빌리러 갔다가 쓰다를 보고 첫눈에 반했다. 오노부는 중매쟁이를 앞세워서 이 결혼을 성사시켰다. 좋아서 결혼하는 게 뭐 그리 특별한가 싶겠지만 때는 가부장제의 색채가 짙던 메이지 시대이다. 남편감을 선택한 오노부는 당대에 보기 드문 여성이었던 것이다. 사랑 때문에 결혼을 하는 것은 보편적 사회정서가 아니었다. 결혼은 재산 상속을 위한 가족 간의 결합이라는 게 사회적 통념이었다. 쓰다의 숙부가 하는 말을 들어 보면 당대의 시대상을 엿볼 수 있다.

> "우리는 남의 딸을 부모로부터 독립한 그냥 여자로 바라본 적이 한 번도 없어. 그러니까 어떤 아가씨를 봐도 그 아가씨한테는 부모라는 소유자가 어김없이 뒤에 붙어 있다고 처음부터 각오하고 있었지. 그러니까 아무리 반하고 싶어도 반할 수 없는 처지 아니었겠어? 왜냐하면 반한다거나 서로 사랑한다는 것은 곧 상대를 이쪽이 소유해 버린다는 의미이기 때문이지. 이미 소유권이 있는 것에 손을 대는 것은 도둑질이니까."(『명암』, 송태욱 옮김, 현암사, 2016, 94쪽)

그랬다. 여자에게 반하는 것은 남의 재산을 탐내는 행위로 인식되었다. 결혼은 재산과 혈통의 보전을 위한 값어치로 계산되고 거래되었다. 세계사를 봐도 통혼을 정략적인 수단으로 이용해서 영토를 확장시키고 제국을 유지해 온 사례를 얼마든지 확인할 수 있다. 지참금을 가진 여자는 남자에게 소유권이 양도되었다. 재산권을 양도받은 남자는 아내를 부양할 의무를 가지게 되고, 여자는 그 대가로 섹스, 출산, 가사노동을 제공했다.

얼굴도 모르고 말 한 번 나눈 적도 없이 결혼하는 마당에 누구도 신랑과 신부가 서로 사랑할 것을 기대하지 않았다. 남녀가 사랑해서 결혼하는 풍습은 18세기 후반에 와서 중류층에서 유행하기 시작했다. 연애결혼이 일반화된 것은 그리 오래되지 않았다. 지금도 부의 세습이나 정치적 목적으로 이루어지는 정략결혼이 사라진 건 아니지만 근대에 들어서 낭만적 사랑과 결혼에 등식이 성립하기 시작했다.

그런 점에서 보면 쓰다와 오노부의 결혼은 희귀한 사건이었다. 남자가 결혼 상대자를 돈으로 사 오는 풍속이 보편적인데 오노부는 이 구도를 역전시켰다. 여자가 결혼의 주도권을 행사했으니 연애결혼과 비슷하게 보인다. 쓰다의 친척들이 보기에 오노부는 튀는 여자이다. 그들 눈에는 쓰다가 아내에게 푹 빠져 있는 것처럼 보인다. 오노부는 남편을 꽉 잡고 부모·형제 가족집단을 뒷

전으로 미루게 만든 '여우 같은 여자'랄까. 주변 사람들은 오노부에게 배타적인 감정을 품는다.

쓰다는 "여자에게 선택된 남자"다. 역방향 결혼인 만큼 남편은 가장으로 군림하고 아내는 종속되는 수직적 관계가 성립되지 않는다. 오노부는 남편에 맞서 자기 의견을 대등하게 말하는 아내이다. 그녀는 남편의 입으로 진실을 털어놓게 하려고 능숙한 화술로 추궁해 들어간다. 이들은 수평적 부부관계라는 종래에 없던 실험을 하게 되었다. 매일 씨름판 위에서 힘 겨루는 팽팽한 긴장관계가 이들 부부의 특이성이다. 소세키가 다른 소설에서 남자 주인공의 시점에서 내러티브를 펼쳤던 것에 비하면 『명암』에서는 남편과 아내의 관점이 공평하게 다루어진다. 소세키는 쓰다와 오노부의 심리를 교대로 묘사하고 있다. 이런 특별한 서술 방식에는 평등한 부부관계를 실험하는 시도가 깃들어 있는 것처럼 보인다.

3. 음양의 조화와 불화가 만들어 내는 권력관계

결혼으로 독립된 세대를 이룬 쓰다는 자기 월급만으로 생활하기가 빠듯하다. 쓰다는 아내에게 돈 많은 남편으로 보이고 싶어 허세를 부린다. 그는 아버지에게 상여금을 받으면 갚겠다고 약조하고 매달 돈을 빌려서 생활비에 보탠다. 재력 부족으로 보여서는 아내에게 체면이 서지 않는다. 쓰다는 상여금을 받았지만 오노부에게 반지를 사 주느라 아버지에게 돈을 갚지 못했다. 그러자 아버지는 생활보조금을 끊는다. 치질 수술을 받게 된 쓰다는 병원비가 없어서 또 돈을 빌려야 할 처지가 되었다. 그는 아내의 눈치를 본다. 남편의 체면과 아내의 허영심이 실뭉치처럼 엉켜 있는 결혼 생활이다.

> 아버지나 오빠, 남편처럼 호주가 될 수 있는 남자들이 어머니나 누이, 아내의 생활비를 책임진다는 것은 메이지민법이 정한 남녀관계, 즉 남자가 여자를 경제적으로 지배한다는 권력관계의 구도일 것입니다.(고모리 요이치, 『나는 소세키로소이다』, 한일문학연구회 옮김, 이매진, 2006, 133쪽)

부부관계는 일종의 권력관계이다. 자본주의 사회에서 이 관계에 세를 실어 주는 매개체는 화폐이다. 남자가 경제적 부담을 지는 대신 여자에게 아내나 어머니로서 헌신하기를 강요하는 권력관계가 만들어진다. 경제적 주도권을 확실히 쥐지 못한 남자는 감정적으로도 아내에게 열세를 느낀다. 새 가족을 이루고 사회의 보편적 제도 안에 편입되었다는 안도감이 결혼의 빛이라면 상대방에게 개인의 자유와 개성을 양보해야 한다는 상실감이 결혼의 그림자일 것이다.

소세키가 펼치는 결혼관은 음양화합과 음양불화의 양면성이다. 재미있는 건 음양화합이 필연적이듯 음양불화도 필연적이라는 점이다. 남자와 여자는 서로 끌어당기지 않으면 완전한 인간이 될 수가 없다. 하지만 부부관계가 성립하자마자 진리는 정반대가 된다. 서로를 끌어당기는 견인력이 순식간에 서로를 밀어내는 척력으로 바뀐다. 부부는 떨어지지 않으면 완전한 인간이 되기 힘들다.

음양이 태극처럼 맞물려서 돌아가는 결혼의 양면성을 쌈박하게 설명한 뒤 오노부의 고모부가 보여 주는 행동에는 위트가 있다. "이건 음양불화일 때 가장 잘 듣는 약이야. 대개의 경우 한 봉지만 먹으면 금방 낫는 묘약이거든" 하면서 고모부는 오노부에게 돈 봉투를 건네준다. 아닌 게 아니라 음양화합의 직효약이 맞나 보다. 오노부가 얻어 온 돈을 남편에게 건네주자 모처럼 부부 사이에 고소한 향기가 피어오른다. 하지만 이 돈이 시누이와 올케 사이를 막장으로 몰고 가는 꼬투리가 되었으니 인생 참 속수무책이다.

쓰다의 여동생, 즉 오노부의 시누이는 아버지에게 빚을 못 갚는 오빠를 책망해 왔다. 여동생은 오노부가 끼고 있는 반지를 보고 오빠가 사치스러운 올케에게 푹 빠져 있다고 판단한다. 그녀를 히스테리 직전까지 몰고 가는 진짜 감정은 시기와 질투이다. 쓰다의 여동생은 특출한 미모를 지닌 덕분에 상당한 부잣집으로 시집을 갔다. 그녀는 자식을 둘 낳고 시부모 봉양에 시동생까지 돌보는 살림꾼으로 헌신하며 살고 있다.

그런데 자기 남편은 외도를 일삼고 성병까지 걸렸다. 겉은 번지르르한 부잣집 부인이지만 속은 불행한 여자다. 올케언니를 보면 오빠의 사랑을 독차지하고 자기 마음대로 행동하는 것 같다. 같은 여자인데 이렇게 다를 수가 있나, 내가 더 예쁜데! 쓰다의 여동생은 샘이 나서 참을 수가 없다. 오노부를 괴롭히고 싶은 악의에 사로잡힌다. 그녀는 세력가 요시카와 부인의 힘을 빌려서 오노부를 골탕 먹일 작전을 짠다.

요시카와 부인은 쓰다가 다니는 회사의 상사의 부인으로 자본가 권력의 대리인이다. 그녀는 쓰다를 회사직원 이상으로 편애하며 어린애처럼 등을 토닥거려 주는 등 쓰다와 친밀한 관계이다. 요시카와 부인은 쓰다와 오노부가 알콩달콩 깨 볶는 모습이 아니꼽다. 행복에 총량이 있는 것도 아닌데 남이 행복하면 자신의 것을 빼앗긴 것처럼 불쾌해진다. 요시카와 부인은 쓰다의 아내가 모르는 비밀을 쥐고 있다.

사실 쓰다는 결혼 전에 기요코라는 여자를 좋아했다. 기요코는 불현듯 다른 남자에게 시집을 가 버렸다. 여자에게 버림받은 쓰다는 그 이유를 알지 못한다. 요시카와 부인은 쓰다가 기요코와 재회하도록 비밀리에 주선해 준다. 쓰다는 요양을 핑계로 옛 애인이 머물고 있는 온천으로 향한다. 왜 그녀가 떠났을까 한 번쯤 만나서 물어보고 싶다. 잠재되어 있던 못다 한 사랑의 감정이 수면 위로 올라온다.

오노부는 뭔가 비밀스러운 낌새를 눈치 채고 촉각을 곤두세운다. 남편이 의심스러울 때마다 오노부는 자기 스스로 남편을 선택한 일을 떠올린다. 자기가 직접 남편을 골랐기 때문에 반드시 행복해져야 한다고 다짐하고 또 다짐한다. 그녀는 무조건 남편이 자기를 사랑하게 만들겠다고 더 노력할 것을 결심한다. 열심히 노력하면 행복을 쟁취할 수 있을까? 안 그래도 위태로운 부부 사이에 균열을 가속화시키는 훼방꾼이 끼어들었다. 결혼 파탄의 징후가 다가오고 있다. 사랑을 붙들어 매려는 노력은 덧없고 허망한 신기루로 보인다.

4. 타자와의 관계에 출구는 없을까?

쓰다가 온천으로 가서 옛 애인을 만나는 장면에서 아쉽게도 『명

암』은 미완으로 멈췄다. 소세키가 죽지 않고 소설을 끝맺었다면 결말이 어떻게 되었을까? 함께 책을 읽고 토론한 학인들은 멋대로 결말을 써 보는 시간을 가졌는데… 와우! 6·25동란은 난리도 아니었다. 기요코와는 절대 이루어지지 않는다, 옛 여자를 만난 사실을 아내에게 들켜 혼쭐이 난다, 입센의 노라처럼 아내가 집을 나간다 등등. 다들 가슴속에 이야기꾼의 욕망이 내재되어 있는지 아침 드라마급 스토리가 줄줄 쏟아졌다. 그야말로 "소설 쓰고 있네"라는 말이 절로 나왔다. 나로서는 이들 부부가 계속 의심과 믿음을 오락가락하며 줄다리기를 무한 반복한다는 쪽이다. 그게 결혼의 숙명이기도 하고, 또 개인의 내면을 해저까지 파고 내려가는 소세키라면 쉽사리 출구를 제시하지 않았을 것이다.

뒷얘기가 어떻게 진행되든 간에 『명암』은 사랑과 결혼의 실상을 충분히 보여 주었다. 옛 애인을 만난 쓰다는 자신이 아내 앞에서는 수동적이 되는데 옛 여자를 상대하면 적극적이 된다는 것을 깨닫는다. 타자와 어떤 힘의 관계로 만나느냐에 따라 자기 자신도 달라진다. 여기서 근대적 개인과 타자성을 면밀하게 탐구하는 작가의 탁월성을 엿볼 수 있다. 작품 제목이 암시하듯이 결혼은 명암이 공존하는 세계이다. 결혼은 자신과 동일화되지 않는 타자의 차이성을 감내해야 한다. 낭만적 사랑과 결혼이야말로 영원한 타자성을 확인하는 실험일지 모른다.

번뇌 중에서 가장 큰 정신적 고통은 보고 싶은 사람을 볼 수 없는 고통이라고 한다. 보고 싶은 사람과 헤어지기 싫어서 결혼을 했지만, 보기 싫어도 매일 봐야 하는 고통, 이 두 가지 감정이 중첩되어 있는 것이 결혼 생활인 것 같다. 전생에 원수였던 사람이 이생에서 부부가 된다는 말이 괜히 생겼을까. 예컨대 결혼 전에는 한없이 매력적으로 보이던 과묵함이 결혼 후에는 참을 수 없는 답답함으로 보인다. 종이 한 장 뒤집듯이 장점이 단점으로 전환되는 이런 모순된 감정을 겪는 관계가 부부일 것이다.

나도 결혼하고 전국 남홍모(남편 흉보는 여자들의 모임) 회장을 해도 손색이 없을 정도로 모래성을 쌓고 허물기를 되풀이했다. 결혼 30주년을 넘긴 나는 이제 '맹물 같은 사랑'이 최고라고 생각한다. 처음에는 설탕물이 입에 달지 몰라도 언제 먹어도 질리지 않는 맹물이야말로 인간관계를 유지시켜 주는 생명수가 아니겠는가. 타자를 나와 동일한 사람으로 만들려는 욕심이 속절없다는 것이 세월의 두께로 얻게 된 지론이다. 사랑이 바닷물이라면 짠 바닷물을 꼭 들이켤 필요는 없다. 멀리서 새파란 바다를 바라보거나 파도를 타고 노는 걸로 충분하다. 맹물 같은 사랑의 담담함이 "소유와 구속"으로 인한 갈등을 완화시켜 줄 것이다.

요즈음 신종 개념으로 등장한 여사친, 남사친이라는 단어가 재미있다. 여자친구, 남자친구 사이에 굳이 '사람'이 들어간다. 이

성일지라도 사람 대 사람의 관계로 우정을 맺을 수 있다는 희망이 만들어 낸 단어이다. 여사친, 남사친을 사귄다고 상대방 엄마가 나서서 돈 봉투를 내밀며 헤어지라고 물을 끼얹는 꼴불견은 연출되지 않는다. 만약 상대방의 시간과 관심, 호의를 독점하려고 하는 순간 여사친에서 여친으로 명칭이 바뀌면서 실망하고 다투고 헤어지는 구태의연한 모습이 재탕된다.

나는 이 단어가 사랑이라는 이름으로 타자를 소유하지 않고 있는 그대로 인정하면서 관계 맺는 방식의 하나라고 본다. 부부는 일심동체(一心同體)가 아니라 분명히 이심이체(二心異體)이다. 서로 다른 마음과 다른 몸을 가지고 함께 살아가야 한다. 개체의 다름을 유지하면서 맹물 같은 사랑을 지속할 수 있는 대안을 여사친, 남사친처럼 만들어 갈 수 있지 않을까 흥미롭게 보고 있다.

行人

무엇이 부부 사이의 신뢰를 회복시킬까?

1. 가족이라서 외로워

소세키의 소설 속 남자들에게 여자는 스쳐 지나가는 행인처럼 낯선 존재이다. 아내나 연인이 어떤 사람인지, 무슨 생각을 하는지 짐작하지 못해 괴로워한다. 남자들은 동성인 친구나 스승과는 속 깊은 대화를 나누고 솔직한 마음을 토로하지만 여자와는 문제를 공유하지 못한다. 여자를 지적인 대화가 되지 않는 열등한 존재라고 생각해서일까? 아니, 오히려 여자를 두려움의 대상으로 인식하기 때문이다. 남자들은 자신이 이해할 수 없는 여자에게 불안을 느낀다. 그렇다고 무관심하거나 외면하지도 못한다. 내면에는 여자에게 다가가고 싶은 욕망이 출렁인다. 여자는 알 수 없기에 더 알고 싶은 목마름의 대상이다. 두려운 남자들이 선택하는 도피처는 침묵이다. 그들은 일상의 대화를 차단하고 소리 없는 아우성을 반복한다. 그럴수록 여자는 점점 더 풀 수 없는 인생의 수수께끼가 된다. 『행인』(行人; 『아사히신문』 1912년 12월~1913년 11월 연재)은 그런 남녀가 한 집에 살면서 빚어내는 불협화음을 다룬 가족소설이다.

청년 지로는 아버지와 어머니, 결혼한 형 내외와 여동생과 한 집에서 살고 있다. 누가 봐도 3대가 단란하게 모여 사는 유복한 대가족이다. 이 가족에게는 아버지가 일찍 죽거나, 숙부가 유산을 가로채거나, 어머니가 계모이거나 하는 특별한 갈등의 실마리가 없다. 그저 보통 사람들로 구성된 일반적인 가족의 모습이다. 너무나 평범하고 멀쩡한 가족 사이에 벌어지는 사건이라 더욱 서늘하다.

어느 날 형 이치로는 동생 지로에게 심각한 고민을 털어놓는다. "나오는 너한테 마음이 있는 게 아닐까?" 형은 자기 아내가 시동생을 좋아하고 있다고 의심하고 있다. 지로는 그게 무슨 소리냐고, 아니라고 강변하지만 형은 결백을 입증해 보라고 한다. 사람 속을 뒤집어 보여 줄 수도 없고 미치고 팔짝 뛸 노릇이다. 이치로는 동생에게 형수와 함께 휴양지에 가서 하룻밤을 보내고 오라는 미션을 준다. 자기 아내가 시동생과 둘만 있을 때 어떤 태도를 보이는지 알고 싶다는 것이다. 이 소설에서 가장 그로테스크한 장면이다.

형은 아내의 정조를 시험해 보고 싶다. 지로는 싫다고 거절하지만 형은 "안 그러면 평생 너를 의심하겠다"고 엄포를 놓는다. 하는 수 없이 지로는 형수의 속내를 알아보기 위해 형수와 함께 휴양지로 떠난다. 두 사람은 해가 지기 전에 돌아올 요량으로 길을 떠났지만 운명의 장난일까, 와카야마에 도착하자마자 하필 폭풍우가 몰아치고, 전신주가 넘어지고, 전차가 멈춘다. 형수와 시동생은 여관방에서 하룻밤을 묵을 수밖에 없게 되었다. 전기가 끊어져서 사방은 어둡고, 밤은 한없이 길다. 한 방에 누운 시동생과 형수의 마음속에 요동치는 진실을 누가 말해 줄 수 있으랴. 말해 준들 믿을 수는 있고?

지로와 형, 형수가 맺고 있는 애매한 삼각구도는 살짝 건드리기만 해도 터져 버리는 비눗방울처럼 위태롭다. 두 사람이 돌아오기를 기다리며 밤을 지새운 형의 핏발 선 눈은 탄식을 자아낸다. 자신이 설정한 상황에 포획되어 밤새 뒤척이는 인간의 내면은 처절하다. 부부라는 단어 위에 남겨진 상흔은 참혹하다. 가족의 진면목을 스케치하는 소세키의 펜촉은 철판을 긁어 대는 소리를 낸다. 소세키는 부부 사이에, 형제 사이에 진실한 믿음과 소통이 가능한가를 깊이 파고들어 간다. 가족이므로 서로 이해하고 공감할 것이라는 기대는 여지없이 깨진다. 가족도 이럴진대 낯선 행인들로 가득 찬 사회에서 감정을 나누고 공감하는 일은 또 얼마나 무망한 일인가.

2. 신경쇠약 직전의 남자

소세키는 11년간 창작활동을 했는데 『행인』을 쓴 것은 하반기에 접어들 무렵이다. 『나는 고양이로소이다』를 발표하면서 인기 작가가 된 소세키는 위궤양이 악화된다. 1910년 요양을 하러 간 그는 엄청난 피를 토하고 혼수상태에 빠진다. 이른바 슈젠지(修善寺)의 대환(大患)이라고 부르는 사건이다. 다음 해 딸이 급사하는 불행이 겹친다. 극심한 신체적 고통과 정신적 상처를 딛고 쓴 소설이 『행인』이다.

『행인』은 1912년 말부터 1913년까지 『아사히신문』에 연재되었다. 이 소설을 쓰는 동안에도 신경쇠약과 위궤양이 재발해서 몇 달씩 연재를 중단해야 했다. 글쓰기는 한 사람의 정신을 물질화하는 과정이어서 신체성을 반영하기 마련이다. 이때부터 소세키의 작품이 어두운 분위기로 바뀐다. 소세키가 초기에 쓴 소설에는 재기발랄한 캐릭터가 등장하고, 신랄하게 문명 비판을 하면서도 해학과 여유가 묻어난다. 남녀관계는 갈등을 겪긴 하지만 어느 정도 낭만적이고 탐미적인 향기가 풍긴다. 『행인』부터 소세키가 그리는 사람의 내면 풍경은 진지하다 못해 염세적인 기색을 띤다. 감정의 교류에 실패한 남녀는 서로의 영혼을 잠식한다.

『행인』에 나오는 대학 교수 이치로는 타인을 불신하면서도 타인의 마음을 얻고 싶어 고뇌하는 대표적인 인물이다. 그의 모순된 욕망은 이중적인 태도로 표출된다. 동료들은 하나같이 그를 온화한 사람이라고 평가하고 있다. 이치로는 기분이 좋을 때는 괜찮지만 심사가 꼬이기 시작하면 몇 날 며칠이고 못마땅한 표정으로 입을 열지 않는다. 아내에게는 유독 차갑고 냉담하다. 남 앞에 나서면 완전히 딴사람이 된 것처럼 신사적인 자세를 취한다. 이치로는 '아내의 영혼, 여자의 정신을 얻지 못했다'는 생각에 사로잡혀 신경이 날카롭다.

아내도 냉소적인 침묵으로 대항한다. 묵묵히 도리만 할 뿐 일절 애교를 부리지 않는다. 남남보다 싸늘한 냉전부부이다. 시어머니는 "아무리 남편이 인정머리 없게 굴어도 여자가 남편 기분이 좋아지도록 해줘야지" 채근하며 여자 탓을 한다. 아내의 마음을 얻고 싶다는 갈증이 채워지지 않자 이치로는 급기야 아내를 손찌검하기에 이른다. 신경쇠약 직전의 남자, 아니 이미 중증일지도 모르는 이 남자는 왜 이렇게 외면과 내면이 불일치하는 걸까.

"사람은 보통 세상에 대한 체면이라든가 도리 때문에 아무리 하고 싶어도 할 수 없는 말이 많을 거야. (……) 하지만 정신병에 걸리면 말이야, (……) 마음이 무척 편해지는 게 아니겠어? (……) 일반적인 모든 책임은 그 여자의 머리에서 사라지고 없어질 거야. 사라져 없어지게 되면 가슴에 떠오르는 것은 뭐든지 개의치 않고 노골적으로 말할 수 있게 되겠지. (……) 아아, 여자는 미치광이로 만들지 않으면 도저히 속내를 알 수 없는 걸까?"(『행인』, 송태욱 옮김, 현암사, 2015, 118~119쪽)

이치로는 차라리 정신병자가 되면 좋겠다고 생각한다. 미치광이가 되면 도리나 의무, 체면을 무시하고 솔직해질 수 있을 것 같다. 아내도 진심이 담긴 속마음을 털어놓을 것 같다. 타인을 의식하는 예민함이 그를 신경쇠약으로 몰고 간다. 이치로는 "인간 전체의 불안을 모아서 1분 1초에 응축시킨 사람"이다. 무엇을 하고 있어도 가만히 있을 수 없다는 초조한 기분에 쫓긴다. 이치로는 자신을 괴롭히기 위해 태어난 사람 같다. 참을 수 없이 예민한 그와 함께 살아가는 가족은 일상이 좌불안석이다. 아내는 웃음을 잃고 부모는 큰아들의 눈치만 살핀다. 식구들은 이치로의 의심을 불식시키기 위해 지로에게 빨리 결혼하라고 재촉한다. 지로는 집을 나와 하숙을 하고 모르는 여자하고 선을 본다. 모두들 무언의 압박 속에 살아가는 인간군상이다.

3. 근대가 낳은 시대적 질병

그렇다면 이치로는 못 말리는 의처증 환자일까? 굳이 나서서 이치로를 변호해 주고 싶은 마음은 없지만 그의 예민함이 터무니없는 광기라고 단언하기도 어렵다. 그가 아내를 의심하는 근거가 신경질적인 망상이 아니라 어떤 위기의 전조를 간파한 것이라면 진실은 달라진다. 나오는 평소 남편 앞에서는 조개처럼 입을 꼭 다물고 있지만 시동생과는 스스럼없이 친밀하게 대화를 나눈다. 지로는 자기에게 살갑게 구는 형수에게 호감을 느낀다. 천재지변으로 인해 여관에 묵게 된 날, 지로의 심리를 보면 확실해 보인다. 목욕을 하고 방에 돌아온 지로는 형수가 어느새 엷은 화장을 마쳤다는 사실을 알아챈다. 지로는 형수의 요염함에 흠칫 놀란다. 한편으론 야릇한 기쁨을 느낀다. "그 기쁨이 솟아나왔을 때, 나는 바람도 비도 해일도 어머니도 형도 다 잊어버렸다. 그런데 그 기쁨이 또 갑자기 일종의 두려움으로 변했다."(『행인』, 177쪽)

지로는 그 두려움이 자신을 산산이 부숴 버리고 말 예고이며 불안의 징후라는 걸 안다. 형수는 남편에게 교태를 부리지 못하는 자신을 얼간이라고 자학하며 애처롭게 눈물을 흘린다. 지로는 형수의 뺨을 어루만져 주고 싶은 충동을 억지로 참는다. 만약 충동적 감정에 빠져들어 한 뼘만 더 다가갔다면 이치로의 불길한 의심이 실현되었을지도 모를 일이다. 사실 인간이란 얼마나 상황적인 존재인가. 어떤 유혹의 상황이 닥쳤을 때 자신이 어떤 행동에 빠져들지 제일 모르는 사람은 자기 자신이다.

소세키의 시선은 상황에 따라 흔들리는 인간의 내밀한 욕망을 잔혹할 정도로 정확하게 응시하고 있다. 소세키는 히스테릭한 감정에 시달리는 이치로를 너그럽게 감싼다. 자신도 신경쇠약의 고통을 치열하게 경험해 봤기 때문일 것이다. 소세키는 영국 유학 시절에 신경쇠약에 걸렸다. 일본은 서양이 수백 년에 걸쳐 이룩한 사회·경제 발전을 수십 년 안에 달성하려고 초조강박증에 사로잡혀 있다.

"인간의 불안은 과학의 발전에서 오네. 나아가기만 하고 그칠 줄 모르는 과학은 일찍이 우리에게 그치는 것을 허락해 준 적이 없지. 도보에서 인력거, 인력거에서 마차, 마차에서 기차, 기차에서 자동차, 그리고 비행선, 비행기, 아무리 가도 쉽게 해주지 않네. 어디까지 끌려갈지 알 수 없지. 정말 두렵네."(『행인』, 364쪽)

갑자기 남녀문제에서 사회문제로 튀는 경향이 있지만, 소세키는 신경쇠약을 20세기의 질병으로 바라본다. 신경쇠약은 외부의 변화와 내면의 속도감이 어긋나는 데서 온다. 인간의 감정은 사회 변화의 속도를 따라잡지 못해 초조하고 불안하다. 기계문명이 아무리 발전하고 부유해진들 마음이 안절부절못한다면 행복하다고 할 수가 없다. 소세키에게 신경쇠약은 시대의 징후를 감지하는 자의 몫이다. 그는 신경쇠약을 "빈틈없는 사고력과 예민한 감수성에 대해 지불해야 할 세금"이라고 쓰기도 했다. 이치로처럼 예민하고 선병질적인 지식인들은 전형적인 근대인의 초상이다. 소세키는 신경쇠약을 세계를 인식한 자의 고통으로 받아들였다. 자신의 광기를 다그쳐서 창작열로 향하게 했다.

> 나의 신경쇠약과 광기는 목숨이 남아 있는 한 계속될 것이다. 그것들이 계속된다면 수많은 『고양이』·『양허집』(漾虛集), 그리고 수많은 『메추라기 새장』(鶉籠)을 출판할 희망을 가질 수 있기 때문에 나는 영원히 이 신경쇠약과 광기가 나를 버리고 떠나지 않기를 기원한다.(나쓰메 소세키, 「문학론 서序」, 『나쓰메 소세키 문학예술론』, 황지헌 옮김, 소명출판, 2004, 43쪽)

소세키는 신경쇠약을 소설 창작이라는 내면의 고백으로 해소했지만 이치로는 어떤 돌파구를 찾아낼 것인가. 이 부부는 신뢰를 회복할 수 있을까? 이치로를 보고 있노라면 왜 대화를 하지 않고 혼자 '삽질'을 하고 있나 속이 답답해진다. 이쯤 되면 꼭 다른 사람의 마음을 속속들이 알아야 하나 반감마저 든다. 남의 마음을 다 알려고 하는 것도 욕심이라고, 남을 탓하기 전에 자신의 마음을 먼저 정직하게 표현하라고 외치고 싶어진다.

아내를 불신하고 경계하는 남자의 심리는 고전 중의 고전에 속하는 이야기다. 호메로스의 『오디세이아』를 봐도 알 수 있다.

오디세우스는 10년이나 길게 끈 트로이전쟁이 끝난 후 또 다시 10년을 바다 위에서 떠돈다. 귀향길은 고난의 연속이지만 짬짬이 미녀 여신 칼립소와 살림을 차리는 등 향락의 나날을 보내느라 세월을 지체했다. 헬레네가 남편을 두고 다른 남자와 도망쳐서 트로이전쟁의 도화선이 되는 요부라면 오디세우스의 아내 페넬로페는 정절의 화신이다. 페넬로페는 열두 명이나 되는 뭇 사내들의 청혼을 물리치느라 밤새 베틀 앞에 앉아 옷감을 짜고 날이 새면 풀어 버리기를 20년, 혼자 갓난아이를 키우며 청춘을 다 보냈다.

드디어 오디세우스가 집에 돌아온 날, 두 사람의 재회는 얼마나 극적일까? 서로 부둥켜안고 기쁨의 눈물을 나눈다? 놀랍게도 그렇지 않다. 오디세우스는 더러운 거지 노인으로 변장하고 집에 온다. 아내는 그를 몰라본다. 오디세우스는 그동안 아내의 애정이 식었는지 다른 사내에게 정절을 잃지 않았는지 확인하고 나서야 자기 정체를 밝힌다. 긴 세월을 기다려 준 아내를 시험해 보는 것을 보면 기분이 씁쓸하기 짝이 없다.

3천 년 전의 문학이 증언해 주는 부부의 실상이 지금인들 다르랴. 소통불가로 인한 치정사건은 식상할 정도로 넘쳐난다. 휴대폰 추적에서 토막 살인까지 의심과 불신, 배신과 복수의 파노라마가 펼쳐진다. 그걸 보면 결혼은 답이 없는 고차방정식을 푸는 시험의 연속이다. 약혼(engagement)이라는 단어의 어원은 전쟁에서의 교전을 뜻한다. 결혼을 하면 '사랑과 전쟁'이 시작되는 것을 암시하는 듯하다. 평생 변치 않는 순정한 아내, 자기만을 사랑해 주는 남편은 각자의 관념이 만들어 낸 틀이다. 그 틀을 완성시켜 줄 객관적 실체가 있기는 할까. 욕망이 만든 표상을 충족시켜 줄 대상이 있을 리가 없다.

세계는 내가 지각하는 방식으로 구성된다. 어떤 것도 나와 상호작용하지 않으면 볼 수가 없다. 내 눈에 허접하게 보이는 남자도 누군가의 눈에는 근사한 황태자로 보인다. 타자와 관계 맺는 방식에 따라 우리는 다른 나가 된다. 상대의 마음을 잘 몰라서 애태운다면 그것도 나름 좋지 않은가. 어차피 남의 마음을 다 알 수 없다고 접어 두는 게 상책이다. 날마다 상대가 궁금하다면 권태기도 사라질지 모르겠다. 상대를 신뢰하면서 마음의 평온을 유지하든지, 타인을 불신하면서 불안에 뒤척이든지 선택적 태도에 따라 삶이 달라진다. 믿는 도끼에 발등 찍힌다지만 그건 뭐 그때 가서 대처할 일이다.

夏目漱石

4부 ―

사회로 국가로 뻗어가는 질문들

도련님

坊っちゃん

위선적인 사회에서 어떻게 처신해야 하나?

1. 햇병아리 교사가 마주친 현실

"부모에게서 물려받은 앞뒤 가리지 않는 성격 때문에 어렸을 때부터 나는 손해만 봐 왔다." 세상에, 앞뒤 가리지 않는 행동파 청년이라니! 소세키의 소설에서 좀처럼 만나기 어려운 캐릭터이다. 소세키의 소설에는 더러 발랄하고 가벼운 인물이 나오긴 해도 조연급에 불과하지 대다수의 주연급은 고민은 많고 불안은 깊어서 내면의 심연으로 가라앉는다. 뭐니 뭐니 해도 소세키의 전문 분야는 자의식에 시달리는 신경과민형 인간 묘사 아닌가. 그동안 바닥이 보이지 않는 마음의 탐구에 질린 사람이라면 『도련님』(坊っちゃん; 『호토토기스』 1906년 4월)을 읽으면서 모처럼 가벼운 기분을 맛볼 수 있다.

어느 시인은 유쾌, 상쾌, 통쾌라는 개념을 이렇게 정리했다. "유쾌한 사람은 상황을 간단하게 요약할 줄 알며, 상쾌한 사람은 고민의 핵심을 알며, 통쾌한 사람은 고민을 역전시킬 줄 안다."(김소연, 『마음사전』, 마음산책, 2008, 70쪽) 시인의 말대로 도련님은 고민을 역전시키는 통쾌한 면모를 보여 준다. 생각과 행동 사이에 간극이 없는 단순 명쾌한 청년이 우리를 기다리고 있다.

도련님은 어릴 때부터 집안의 골칫덩어리였다. 장난치다가 다치고 혼나기 일쑤인 말썽꾸러기였다. 오죽하면 아버지가 화가 나서 용돈을 안 주고 의절하겠다는 말을 다 꺼냈을까. 동네에서는 악동이라고 손가락질을 받았다. 얌전한 형만 예뻐했던 어머니는 일찍 돌아가셨다. 10년 넘게 함께 살아온 하녀 기요만이 도련님을 애지중지 감싼다. "도련님은 올곧고 고운 성품을 지녔어요." 칭찬이 마르지 않는다. 칭찬은 고래도 춤추게 만든다는데 하물며 사람이랴. 기요 덕분에 도련님은 자기가 뭐가 되어도 될 것 같은 기분이 든다. 아버지마저 돌아가시자 형은 집을 팔아서 도련님에게 600엔을 주고 규슈 지방으로 떠났다. 도련님은 형이 유산을 공정하게 나누었는지 자신이 손해를 봤는지 계산을 따지지 않는다. 형에게서 받은 돈으로 물리학교에 진학해서 졸업하고 나니 무일푼이 되었다. 이 소설은 스물네 살의 사회초년생이 된 도련님이 도쿄에서 멀리 떨어진 시코쿠에 있는 중학교에 출근하면서 겪게 되는 이야기다.

'지도를 보면 바닷가에 바늘 끝만큼 작게 표시된 곳', 벌거벗은 몸에 훈도시만 겨우 걸친 뱃사공이 노를 저어 가야 닿는 깡촌이다. 처음 소설을 읽었을 때 나는 아주 외딴 섬마을을 상상했는데 사실 이 소설의 배경은 소세키가 젊었을 때 마쓰야마 중학교의 교사를 했던 체험이 소재가 되었다. 마쓰야마 현이 있는 시코쿠는 제주도 면적의 열 배나 되는 큰 섬이다. 지금도 소설에 나온 도고온천이 영업 중이고 일명 봇짱(도련님) 기관차라고 불리는 증기기관차가 운행되고 있다.

그나저나 도쿄토박이로 자라나 처음으로 작은 어촌마을로 가게 된 도련님은 어떤 세상과 만나게 될까? 때 묻지 않은 인정 넘치는 시골사람? 순수하고 아리따운 섬마을 아가씨와의 풋사랑? 이런 낭만적인 기대를 했다면 오산이다. 도련님이 만난 촌사람들은 순박하지 않았다. 여관 주인은 무덥고 좁은 방으로 안내하면서 세상물정 모르는 도련님을 골탕 먹이고, 도련님이 거액의 팁을 주니까 180도 달라져서 땅바닥에 납작 엎드린다. 하숙집으로 옮겼더니 주인은 골동품을 강매하려고 치근덕거린다. 번잡한 도시만 눈 뜨고 있어도 코를 베어 가는 세상이 아니다. 어딜 가나 돈이 지배하고 있고 친절을 가장하면서 남을 속여 먹는 사기꾼들로 가득하다.

지식의 전당인 학교는 좀 다를까? 엘리트 집단의 허위의식은 한술 더 뜬다. 교감(빨간 셔츠)은 시골학교에서는 보기 드물게 대학을 졸업한 문학사이다. 하는 말이나 취향을 보면 나무랄 데 없이 고상하다. 도련님이 보기엔 뭔가 속내를 숨기고 있는 나긋나긋한 말투인 데다 느글거릴 정도로 문화와 교양을 표방하고 있다. 빨간 셔츠는 남의 약혼녀를 빼앗고, 뒤로는 게이샤와 오입질을 하는 비열한 작자이다. 교감 옆에는 미술 선생(알랑쇠)이 딱 붙어 있다. 그가 교감에게 아부하는 모습을 보고 도련님은 알랑쇠라는 별명을 붙여 준다. 빨간 셔츠와 알랑쇠는 햇병아리 교사를 자기 편으로 끌어들이려고 교묘하게 조종한다. 그들은 자신의 비리를 잘 알고 있는 홋타 선생(산미치광이)을 견제하기 위해 중상모략을 일삼는다. 그들의 행동은 세련된 화술로 포장되어 있어서 참인지 거짓인지 분별하기 어렵다. 도련님은 어떻게 거짓투성이 사회에서 살아남을 것인가. 제도권 학교에서 배운 지식은 사회의 비리와 위선에 대응하는 방법을 가르쳐 주지 않는다. 흙탕물에 빠져 뒹굴거나 맞서 싸우거나 사회인의 처세술을 익히는 것은 우리가 순전히 몸으로 겪어 내야 할 몫이다.

2. 정직하면 곤란하다?

도련님이 마주친 사회는 아찔할 정도로 위선으로 가득 차 있었다. 위선은 자기 이익을 위하여 관계를 포장하는 기술이다. 가짜임이 밝혀지는 순간 끝없이 또 다른 위선으로 덧씌워서 흉측한 본성을 감춘다. 도련님이 가진 능력은 하나뿐이다. 솔직함 그 자체다. 도련님은 자기가 생각하는 바를 그대로 표현하고 그대로 행동한다. 그의 성품은 교장에게 임명장을 받는 장면에서 단적으로 드러난다. 교장은 학생에게 모범을 보이라느니, 존경을 받아야 된다느니, 덕으로 학생들을 교화하라느니… 요구사항이 장황하다. 이 말을 듣는 도련님은 '교장 선생님 말씀대로는 도저히 못할 것 같으니 임명장을 돌려 드리겠다'고 쿨하게 말한다.

이런 솔직한 사람이 다 있나. 취직하기가 얼마나 어려운 세상인데, 거짓말이라도 최선을 다하겠다고 약조하는 게 일반적인 처세술이 아닌가. 교장은 화들짝 놀라며 일장연설을 거둬들인다. 도련님은 말로만 훌륭한 교사인 척하는 위선은 질색이다. 그는 남에게 아양을 떨거나 입에 발린 소리로 점수를 따고 싶은 마음이 없다. 그의 솔직담백한 처세술은 동료와 윗사람에게 먹힐까? 그럴 리가. 왕따가 되거나 경계 대상이 되지 않으면 다행이다. 적어도 학생들에게는 영화 〈죽은 시인의 사회〉의 키팅 선생처럼 환영받지 않을까? 그것도 영화에나 나옴직한 순진한 기대다.

학생들은 신참 교사를 골리려고 숙직실 이부자리에 메뚜기를 잔뜩 숨겨 놓는다. 위층에서 쿵쾅대면서 숙직을 서는 도련님을 괴롭힌다. 장난을 쳤으면 벌을 받아야 한다는 게 그의 신조이다. 벌을 피할 생각이라면 처음부터 장난을 치지 말아야 한다. 장난을 안 쳤다고 거짓말을 하는 것은 비겁한 짓이라 못 봐준다. 도련님은 끝까지 학생들의 사과를 받아 낸다. 도련님은 능란한 아부 기술도 없고 논리적으로 따지는 화술조차 없다. 그의 단순한 태도는 세상물정 모른다고 비웃음만 산다.

결국 사건이 커졌다. 교감은 치사한 계략을 세워서 점잖은 영어 선생(끝물호박)을 전근시켜 버리고 그의 약혼녀 마돈나를 차지한다. 교감 일당은 도련님과 홋타 선생을 학생들의 싸움판에 끼어들도록 몰래 유도하고 악의적인 가짜 뉴스를 신문사에 제보한다. 도련님과 홋타 선생은 함정에 빠졌다. 교감은 홋타 선생을 교직에서 자르고 도련님을 월급 인상으로 매수하려 든다. 도련님은 회유를 단호하게 거절한다.

도련님과 홋타 선생은 여관 앞에서 밤새 잠복했다가 게이샤와 정을 통하고 나오는 교감과 알랑쇠를 흠씬 패 준다. 상식이 통하지 않는 세상에는 힘이 정의다. 도련님은 주먹으로 불의를 응징하고 사표를 내던진다. 도쿄로 돌아온 도련님은 철도기술자가되어서 살아간다. 월급이 교사의 절반밖에 안 되지만 위선을 떨며 사는 것보다는 속 편하다.

도련님이 구사하는 정공법은 통쾌하다. 막무가내로 좌충우돌 정의를 실현하기 때문이다. 그는 옳다고 생각하는 대로, 곧이곧대로 행동한다. 겉과 속이 투명하게 일치한다. 부패하고 복잡하게 얽힌 세상살이의 매듭이 풀리지 않으면 가위로 싹둑 잘라 버린다. 깔끔하다. 도련님처럼 당당하게 처신하려면 손에 쥔 카드를 버릴 용기가 필요하다. 비록 손해를 볼지라도 자신에게도 남에게도 떳떳하다. 그럼 됐지 않은가. 떳떳한 행동이 보장해 주는 평온만큼 확실한 삶의 자산은 없다고 나는 믿고 있다.

3. 화폐로 맺어진 관계의 한계

나는 32년간 직장생활을 했는데 20년은 피고용인으로, 12년은 고용인으로 일했다. 직장인이 되었을 때 나의 눈에는 위선적으로 보이는 윗사람들이 차고 넘쳤다. 실제로 부정부패에 연루된 상사도 있었다. 우리는 월급에 매여 사느라 도련님처럼 하고 싶은 말을 다 하지는 못했다. 입바른 소리를 해서 승진이나 직무에서 불이익을 당할까 봐 지레 움츠러들었다. 퇴근하면 직장 동료들과 술집에 모여 간부들을 씹어 대느라 안주가 필요 없었다. 그렇다고 적극적인 아부의 기술도 없었으니 고작 얼굴에 '직장 다니기 싫다'는 불퉁스러운 표정을 나타내는 처세술이 층층시하의 직급사회와 타협하는 방식이었다.

그 후 나는 20명의 강사를 고용하는 학원사업자가 되었다. 눈치 볼 윗사람이 없어졌으니 만고강산 늴리리 행복해졌을까? 천만의 말씀이다. '사장님은 새가슴'이라는 말이 딱 들어맞았다. 나는 까다로운 고객에게 늘 머리를 조아리는 '을'이 되어야 했다. 갑질은커녕 직원들의 낯빛만 어두워도 무슨 불만이 있는지 눈치를 보았다. 혹시 사직서를 내는 건 아닌지 가슴이 두근거렸다. 청년실업이 많다지만 유능한 강사를 채용하는 것은 하늘의 별따기였다. 나는 여기가 얼마나 좋은 직장인지 얼마나 미래가 밝은지 과시하느라 위선을 떨지 않았다고 단언할 수가 없다.

그러다 몇 년 전에 나는 인생 3막을 살기로 결심하고 사업체를 정리했다. 많은 사람들이 내게 앞으로 뭘 할 거냐고 물었다. 나의 대답은 한결같았다. 이제는 "누구에게도 고용되지 않고, 누구도 고용하지 않는 삶"을 살고 싶다고 말했다. 노사관계의 양 측면을 경험하면서 화폐로 엮인 인간관계의 한계를 질리도록 본 사람의 대답이었다.

이 소설은 위선으로 가득 찬 세상에 대한 고발로 끝나지 않는다. 위선이 독버섯처럼 자라나는 이유는 인간관계가 삭막해졌기 때문이다. 현대사회는 모든 것을 수치로 계량화하는 사회이다. 화폐를 척도로 삼아 인간관계가 형성되고 서열화된다. 소세키는 화폐관계로 변질되고 있는 세태를 비판하면서 대안적인 관계를 제시하고 있다. 우리의 상식으로는 신세를 지면 그만큼 되갚아야 한다. 아니 조금 더 덧붙여서 갚아야 한다. 채무자는 원금에 이자를 붙여서 변상한다. 모든 관계가 계산기를 들이대는 부등가 교환방식이다.

여기서 잠깐, 도련님과 홋타 선생 사이에 있었던 빙수사건을 되짚어 보자. 홋타 선생은 도련님에게 하숙집을 소개시켜 준 날 빙수를 사준다. 도련님은 그의 호의를 받아들인다. 며칠 후 도련님은 교감과 알랑쇠가 하는 뒷담화를 듣고 홋타 선생이 학생을 사주해서 메뚜기 소동을 일으켰다고 오해하게 된다. 그러자 도련님은 홋타 선생에게 빙수값 1전 5리를 갚는다. 겉 다르고 속 다른 사람에게 얻어먹을 수 없다는 선언이다. 홋타 선생은 아무런 변명도 없이 그 돈을 책상 위에 올려놓는다. 돈 위에 먼지가 쌓여 가고, 출근할 때마다 그것을 바라보는 도련님의 마음은 불편하다. 한참 시일이 지나서 오해가 풀리자 도련님은 아무 말 없이 그 돈을 집어서 주머니에 넣는다. 홋타 선생과는 신세를 져도 되는 사이라고 인정한 것이다. 이때부터 두 사람은 진한 우정의 관계를 맺게 된다. 이런 셈법, 정말 신선하지 않은가?

4. 연인보다 애틋한, 혈연보다 진한 증여관계

도련님과 기요 사이에는 아주 특별한 연대감이 흐른다. 기요는 도련님의 집에서 살림을 해준 할멈이다. 기요는 엄마를 일찍 여읜 도련님을 감싸 주며 자기 돈으로 과자를 사 주고, 신발, 양말, 공책도 사 준다. "용돈이 없어 궁하지요" 하면서 3엔이나 빌려 준

적도 있다. 도련님은 5년이 넘도록 기요에게 돈을 갚지 않고 있다. 도련님이 교사가 되어서 돈을 버는데도 기요는 우편환으로 용돈을 부쳐 준다. 가난한 하녀에게서 상대적으로 돈 많은 도련님에게로 돈이 흘러간다. 어떻게 이런 거꾸로 된 흐름이 가능할까? 납득이 되지 않으면 푼돈에 불과한 빙수값 1전 5리도 기어코 돌려주면서 도련님은 왜 기요에게는 3엔이라는 큰돈을 갚지 않았을까.

도련님의 논리는 이렇다. 돈을 갚지 않는 것은 기요를 무시해서가 아니다. 기요를 자신의 일부분으로 생각하기 때문이다. 남남이라면 깔끔하게 더치페이를 하면 그만이다. 기요와 자신은 돈으로 계산할 수 없는 관계이므로 마음으로 고마워하면 된다. 감사한 마음은 돈으로 살 수 없는 보답이라는 논리가 궤변 같지만 퍽 설득력 있게 들린다.

기요와 도련님 사이에 오고 가는 돈과 물품은 교환이 아니라 증여의 뜻을 담은 순환이다. 기요는 조건 없는 나눔의 모습을 보여 줌으로써 근대의 화폐관계를 무색하게 만든다. 도련님과 기요의 관계는 더 이상 주인과 하인이라는 고용관계가 아니다. 두 사람은 진심으로 호의와 믿음의 관계를 나눈다. 도련님이 섬마을에 근무할 때 기요는 120cm나 되는 길고 긴 편지를 보낸다. 도련님은 바람에 날리는 긴 편지를 읽고 또 읽는다. 기요는 교육도 받지 못했고 신분도 낮지만, 도련님에게는 굉장히 고귀한 사람이다. 존중하고 배울 만한 스승이며 공감을 이루는 친구이기도 하다. 두 사람은 서로를 성장시키는 동반자이다. 도련님은 도쿄로 돌아가서 다시 기요와 함께 살아간다. 기요는 자신의 조카와 사는 것보다 피 한 방울 섞이지 않은 도련님과 사는 게 더 좋다. 도련님은 기요가 죽은 후 자신의 가족묘가 있는 절에 묻어 준다. 죽어서도 헤어지지 않는 가족이 된 셈이다.

고대 공동체 사회는 금전과 물품을 나누는 '증여'의 흐름으로 굴러갔다. 증여는 부가 한쪽으로 치우치지 않게 순환시키며 균형을 잡는 방식이다. 증여라고 하면 지금은 가족에게 재산을 물려주는 방편으로 생각하고 상속이나 증여 중 어느 쪽이 세금을 적게 내는지만 따지지만 원래는 무조건적인 나눔이었다. 돈이 남아돌아서 베푸는 동정이 아니다. 증여는 소유와 축적의 벡터를 벗어나 물질을 순환시키는 운동이다. 기요와 도련님처럼 증여의 관계는 연인보다 애틋하고 혈연보다 진하다. 소세키가 보여 준 증여의 관계는 위선에 찌든 화폐관계와 다르게 살아갈 수 있다는 실마리를 보여 준다. 화폐로 엮인 차가운 관계가 아니라 따스한 연대의식으로 뭉쳐진 공동체의 가능성을 소망하게 한다.

풀 베 개

草枕

국가가 원하는 인물이 될 수 있을까?

1. 자연을 노래하면 예술이 되나

————————

한 청년이 깊은 산속 마을로 들어간다. 사방 천지에 꽃잎 떨어지는 소리만 들려온다. 세상사를 떠나 그림 그리기에 딱 알맞은 곳이다. 주인공은 화공이다. 서양화를 그린다. 산속 온천장에 손님이라곤 화공 한 사람뿐이다. 인적 없는 자연을 바라보니 화공의 입에서 저절로 시가 흘러나온다.

> "마음은 왜 이리 그윽한지,
>
> 한없이 넓어 옳고 그름을 잊었네.
>
> 서른이 되어 나는 늙으려 하고,
>
> 봄날의 한가한 빛은 여전히 부드럽네.
>
> 소요하며 만물의 유전(流傳)에 따라, 느긋하게 향기로운 꽃향
>
> 기를 마주하네."
>
> (『풀베개』, 송태욱 옮김, 현암사, 2013, 168쪽)

자연은 세속의 시시비비를 잊게 한다. 화공이 원하는 건 오직 느긋한 삶이다. 세상은 한가롭게 살고 싶은 소박한 바람조차 허용하지 않는다. 자연을 한 폭의 그림으로 보고 한 편의 시로 읽으려면 땅을 얻어 개척할 마음도, 철도를 놓아 한몫 잡자는 생각도 없

어야 한다. 외딴 산속이 아니었으면 땅은 벌써 투기의 대상이 되고, 개발의 목적이 되었을 것이다. "세상은 집요하고 독살스럽고 게다가 뻔뻔하고 지겨운 놈들로 가득 차 있다. (……) 다른 사람의 엉덩이에 탐정을 붙여 방귀 뀌는 횟수를 헤아리고 그것이 사람 사는 세상이라 생각한다."(『풀베개』, 147쪽) 인신공격과 모함이 판치는 20세기는 피로사회다. 수면이 필요하다. 화공은 기진맥진해져서 모든 것을 망각하고 푹 잠든 것 같은 천지를 찾아왔다.

『풀베개』(草枕;『신소설』 1906년 9월)의 화공은 세속적인 욕망과 이치를 벗어나 자연이라는 비인정(非人情)의 세계로 들어왔다. 숨 막힐 것 같은 이해관계를 떠나왔으니 관조의 세계에 다다를 수 있을까. 무릉도원에서 사람의 마음을 풍요롭게 만드는 예술작품을 얻을 수 있을 것인가. 지금 바깥세상에는 러일전쟁이 치열하게 벌어지고 있다. 이곳 심심산골의 나루터에도 전쟁담이 들려온다. 승전의 기세와는 달리 사회는 날로 황폐해지고 있다. 군비 확충으로 불황에 휩싸이고 물가와 세금이 올라 일상은 궁핍하다. 이토록 엄혹한 시대에 한가롭기 그지없는 예술을 한다는 것이 무슨 의미가 있을까? 이는 전업 소설가로 변신하려고 하는 소세키에게 너무도 절박하게 다가온 존재론적 질문이 아니었을까? 『풀베개』는 소세키의 예술론과 국가관을 살펴볼 수 있는 소설이다.

2. 그녀의 얼굴에 2% 부족한 것

울창한 숲 속 연못 위에 새빨간 동백꽃이 뚝뚝 떨어진다. 화공은 그리고 싶은 그림의 주제를 얻었다. 꽃잎 가득 붉게 물든 연못에 아름다운 여인이 누워 영원히 잠들어 있는 모습! 밀레이가 그린 「오필리아」처럼 황홀하고 처연한 죽음의 이미지이다. 그림의 모델로 삼기에 적합한 매혹적인 여인도 만났다. 온천장 주인의 딸 나미다. 그녀는 몇 년 전 부모가 정해 주는 대로 성안에서 제일가는 부자에게 시집을 갔는데 러일전쟁으로 인해 남편이 다니던 은행이 폭삭 망했다. 그녀는 먹고살 길이 막연해져서 이혼을 하고 친정에 돌아왔다. 나미에 대한 소문은 심상치 않다. 어느 날 인근 절에 있는 스님이 그녀에게 반해서 연서를 보냈는데 그녀가 절에 뛰어들어 와 "그렇게 귀엽다 생각하시면 부처님 앞에서 같이 자자"며 스님의 목에 매달렸다고 한다. 그리도 자유분방한 행동을 하다니 분명히 정상이 아니라고, 그 집안에는 대대로 미친 여자가 나왔다고, 아니 여자가 가난한 남편을 버리고 돌아온 것부터 미친 짓이라고 마을 사람들은 수군거린다.

나미는 세간의 이목에 개의치 않는 것처럼 보인다. 낯선 화공에게 스스럼없이 다가와 말장난을 거는 그녀는 미쳤다기보다는 어딘지 염세적이다. 삶의 희망을 완전히 포기한 사람이 보여 주는 무심함이랄까, 툭툭 내뱉는 말에 스산한 절망이 묻어난다. 그녀는 자기가 연못에 뛰어들어 죽으면 그림을 그려 달라고 화공에게 부탁한다. 괴로운 표정이 아니라 편안하게 죽어 있는 얼굴을 예쁘게 그려 달라고 진담인지 농담인지 모를 말을 던진다. 화공 역시 그녀를 그리고는 싶지만 며칠이 지나도록 그림 한 장 그릴 수가 없다.

화공은 대상의 표정에 어떤 마음을 담을지 정하지 못했다. 그녀의 얼굴에는 뭔가 2% 부족하다. 질투도 아니고, 증오는 너무 격렬하다. 분노는 조화를 깨고, 원한은 너무 속되다. 그 2% 부족한 감정의 정체를 몰라서 화공은 붓을 들 수가 없다. 그러던 어느 날 화공은 나미와 함께 기차역으로 배웅을 나간다. 그녀의 사촌 동생이 러일전쟁에 참전하기 위해 만주벌판으로 떠나는 길이다. 기차가 달리는 현실과 마주했을 때, 화공은 신선이 살고 있는 도원경(桃源境)이 순식간에 사라지는 것을 보았다.

기차가 보이는 곳을 현실 세계라고 한다. 기차만큼 20세기 문명을 대표하는 것은 없을 것이다. 수백 명이나 되는 인간을 같은 상자에 집어넣고 굉음을 내며 지나간다. 인정사정없다. 집어넣어진 인간은 모두 같은 정도의 속력으로 동일한 정거장에 멈추고 그리하여 똑같이 증기의 은혜를 입지 않으면 안 된다.

사람들은 기차를 탄다고 한다. 나는 실린다고 한다.(『풀베개』, 181~182쪽)

근대 문명을 상징하는 대표적인 오브제는 기차와 시계이다. 기차는 사람의 개별성을 무시하고 모조리 상자 속에 집어넣고 끌고 간다. 인간은 기계의 시간에 따라 막무가내로 끌려간다. 기차가 향하는 곳은 진보와 개발의 소실점이다. 그 도착 지점에서는 피투성이 전쟁이 벌어지고 있다. 어린 청년까지 전쟁터로 몰아넣는 광기의 시대였다. 나미는 사촌동생에게 "죽어서 돌아오라"고 모질게 말한다. 살아서 돌아오면 좋지 않은 소문이 나니까 차라리 국가를 위해 죽는 게 영광이라는 암시를 준다. 훗날 가미카제 특공대가 폭사하는 장면을 머리에 떠올리게 된다. 죽어서 돌아오라는 말은 반드시 살아서 돌아오라는 작별인사보다 더 가슴을 찡하게 만든다.

생사를 넘나드는 기차에는 나미의 남편도 타고 있다. 남편도 헤어진 아내에게 돈을 빌려서 만주로 떠나는 길이다. 돈을 벌려고 가는 건지 죽으러 가는 건지 알 수 없다. 피비린내 나는 전쟁터로 가는 사람과 남아 있는 사람은 운명의 끈으로 연결되어 있다. 떠나는 동생과 남편을 망연히 바라보는 나미의 표정에는 연민이 묻어난다. 비로소 화공의 가슴속에 화면이 완성된다. 이제는 그림을 그릴 수 있을 것 같다. 화공이 그녀의 얼굴에서 발견하고 싶었던 것은 바로 이 연민의 정이었다.

3. 전쟁에 반대하는 소소한 항변

> 이런 꿈같은, 시 같은 봄 마을에, 우는 것은 새, 떨어지는 것은 꽃잎, 솟는 것은 온천뿐이라고만 생각하고 있던 것은 잘못이다. 현실 세계는 산을 넘어, 바다를 건너 헤이케의 후예만이 오랫동안 살아온 외진 마을까지 다가온다. 중국 북방의 광야를 물들일 피의 몇 만분의 일이 이 청년의 동맥에서 내뿜어질 때가 올지도 모른다.(『풀베개』, 121쪽)

국가를 위해 목숨을 바치러 가는 청년을 바라보는 나미의 얼굴에 연민이 가득하다. 국가가 원하는 가치와 내가 원하는 삶이 다를 때 어떻게 해야 하나. 일개 개인에게는 선택의 여지가 없는가. 국가라는 강력한 구심력으로 개인의 삶이 환원되는 것을 보며 화공은 연민의 정을 느낀다.

작가는 자신이 살고 있는 시대의 구속을 받기 마련이다. 소세키에게 국가와 전쟁이라는 문제는 작가로서도 개인으로서도 외면할 수 없는 화두였다. 소세키는 살면서 세 번의 전쟁을 경험했다. 청년기에는 청일전쟁(1894~95)을 접했고, 러일전쟁(1904~05) 무렵에 작가가 되었으며, 제1차 세계대전(1914~18) 중에 세상을 떠났다. 당시의 젊은이들은 국가의 징병제에 응해야 했다. 대학생은 26세까지 징병을 유예할 수 있었다.

징병 기한이 다가오자 소세키는 호적을 홋카이도로 옮긴다. 홋카이도는 본토에서 멀리 떨어져 비천한 원주민이 살고 있는 섬이었기 때문에 군대가 면제되었다. 소세키는 징병을 피했다. 우리나라 같으면 군대를 기피한 인물로 찍혀서 사회에 발도 못 붙였을 것이다. 소세키의 친구 마사오카 시키(正岡子規)1867~1902, 일본의 시인는 병약한 몸으로 종군기자로 참전했다가 결핵이 악화되어 일찍 세상을 뜬다. 둘도 없이 절친한 문학친구가 한 명은 애국주의, 한 명은 반전주의로 노선을 달리하는 장면이 쓸쓸하게 교차된다.

소세키는 내내 전쟁에 반대하는 입장을 견지했다. 국가주의를 강요하는 분위기에서 제국대학을 나온 엘리트가 개인주의를 표명하기가 쉬웠을까? 소세키는 아무리 국가가 중요해도 아침부터 밤까지 "국가, 국가" 하며 매달리는 행동은 위선이지 도저히 가능한 일이 아니라고 꼬집었다. 전쟁은 "정말로 가치가 없는 허울뿐인 허무한 사건"(『나의 개인주의 외』, 174쪽)이라고 생각했다.

러일전쟁 승리를 축하하기 위해 천황이 친히 선박을 관람하는 의식에 초대받은 소세키는 참석을 거절한다(도가와 신스케, 『나쓰메 소세키 평전』, AK커뮤니케이션즈, 2018, 95쪽). 민족주의가 지나치면 국수주의로 변질되고 군국주의로 치달을 위험도 있다. 중국과 러시아를 상대로 승승장구하고 있는 자국에 대해 비판적인 태도를 취하기란 쉬운 일이 아니다. 그런 점에서 나는 소세키가 냉정하게 거리를 두고 국가를 바라볼 수 있었던 용기 있는 작가라고 생각한다.

4. 사소한 이야기의 힘

전쟁에 열광하는 지배권력 사이에서 문학을 택한 소세키의 고민이 깊었을 것 같다. 『풀베개』에 나오는 자조적인 장면을 보면 때론 소설 쓰기가 무의미하다는 무기력에 사로잡혔을지도 모른다. 화공이 소설책을 읽고 있는 것을 보고 나미가 말을 건다. "그 나이가 되어도 홀딱 반했다는 둥 여드름이 났다는 둥 하는 이야기가 재미있습니까?" 그까짓 소설, 읽을 게 뭐가 있냐는 비아냥이다. 소설의 가치 같은 건 전혀 인정하지 않는 태도다. 화공은 아무 데나 펼쳐 보면 되지 줄거리가 무슨 대수냐고 심드렁하게 대답한다. 총칼 앞에서 그깟 문학이 뭐라고, 나미 말대로 읽으나 마나 한 게 소설일지도 모른다.

나는 어릴 때부터 소설을 통해 인생을 배웠다. 멜로, 역사, 추리, SF, 무협소설 등 잡히는 대로 소설책을 읽었다. 책 살 돈이 없어서 서점에 가서 공짜로 읽기도 했다. 대여섯 시간을 책방에 서서 책을 읽으면 허리가 부러질 듯 아파 왔다. 내가 밤늦게까지 자지 않고 소설책을 읽고 있으면 어머니는 가차없이 전등을 꺼 버리곤 했다. 어머니는 '이야기를 밝히면 가난하게 산다'는 확신을 가지고 있었는데, 그 말을 곧이들을 나도 아니었지만 설령 그렇다 해도 소설의 재미를 포기할 수는 없었다. 왜 그런 속설이 생겼는지 생각해 보니 문학은 부조리한 현실을 낱낱이 까발려서 세상이 겉보기와 다를지도 모른다는 불온한 의문을 품게 만들기 때문인 것 같다. 진실을 알고 나면 순순히 살아가기 어렵게 된다. 루쉰 말대로 한번 눈을 뜨면 다시 잠들 수가 없다. 철로 된 방에 갇힌 다른 사람들을 깨울 것인가 말 것인가를 고민하면 다른 삶이 시작된다.

2천 년대 접어들어서 문학보다는 자본집약적이고 스펙터클한 영화가 대세가 되고 게임, 컴퓨터 영상이 문화를 장악하고 있다. 소설이 사회문제를 다루면 '진지충'이라고 외면받는다. 요즘 소설은 가벼운 일회용 소비재로 격하된 느낌이 들지만 그래도 나는 문학의 힘을 믿는다. 80년대에 대학을 다닌 우리 세대에게는 문학이 엄청 무게감이 있었다. 문학은 한국 역사와 사회구조적 모순에 대해 쉽게 알려 주었고 계층갈등 문제를 이해시켜 주었다. 사회과학책은 머리를 두드리지만 문학책은 가슴을 울린다. 소설에는 구체적인 개인의 이야기가 담겨 있어서 감정을 일렁이게 만든다. 나는 『난장이가 쏘아올린 작은 공』을 읽고 나서 나만 이렇게 활짝 웃으며 살아도 될까 미안해져서 한동안 미간을 찡그리고 다녔다. 그 시절 리얼리즘 문학은 인식의 지반을 요동치게 만드는 힘이 있었다. 정보의 전달보다 정서적 교감이 힘이 세기 때문이다. 현실 세계를 떠나서는 어떤 예술도 공허하다는 것을 말해 준다.

소세키가 추구하는 문학은 연민이라는 창으로 세상을 바라본다. 연민은 "신에게 가장 가까운 인간의 정"이다. 타인을 바라보며 동질감을 느끼는 감정이다. 연민은 가진 자가 없는 자를 내려다보는 동정의 시선이 아니다. 지식인이 우매한 자를 바라보는 우월한 태도도 아니다. 굳이 비유하자면 "울고 있는 어린아이를 바라보는 어른의 태도"(『나쓰메 소세키 문학론』, 62쪽)에 가깝다. 아이가 울고 있을 때 어른은 엉엉 따라 울지 않는다. 그렇다고 아이가 우는 심정을 모르는 건 아니다. 연민은 애써 눈물을 머금고 해결책을 찾는 어른의 눈길이다. 그것은 타인과 공감하되 냉철하고 객관적으로 거리를 두고 삶을 바라보는 시선이 아닐까. 거리를 두고 세태를 묘사한다고 해서 몰인정한 것은 아니다. 대상과 거리를 둘 때 삶의 이면까지도 통찰할 수가 있다.

소세키는 문학의 힘으로 권력에 저항했다. 소소한 항변이지만 고집스러운 자세였다. 그가 쓴 소시민의 이야기는 미약해 보이지만 정감이 간다. 쓰는 작가도, 읽는 독자도 연민의 정으로 세상을 바라보기 때문일 것이다. 단 하나의 문장에도 여러 사람의 눈길과 생각과 펜을 잡은 손가락의 힘이 들어 있다. 그러니 한 권의 책에는 얼마나 엄청난 에너지가 뭉쳐 있겠는가. 어떤 책은 수백 년이 지나도 힘을 잃지 않고 내려와 고전이 된다. 나는 불끈하는 그 힘에 손을 내밀어 손끝이라도 닿고 싶다. 그 열렬함을 감지하고 싶다.

野分

세상과 섞이기 힘든 이유는 무엇일까?

1. 품격이 다른 외톨이

———————

여자가 혼자 식당에 가서 밥을 먹는다면? 거기다 소주까지 곁들인다면? 무슨 몹쓸 사연이라도 있는지 힐끔거리는 사람들의 눈길에 뒤통수가 뜨끔해진다. 예전과 달리 언제부터인가 혼자 밥을 먹으면서 찍은 사진들이 SNS에 올라오기 시작했다. 우아한 식당에서 고급스러운 음식을 놓고 시크하게 고독을 즐기는 설정샷들은 혼자라서 여유 있고 행복하다고 과시하는 듯하다. 21세기의 달라진 풍속도로 꼽혔던 '혼밥'과 '혼술'은 어느덧 식상할 지경이 되었다. 그럼에도 사람들이 끝없이 페이스북과 유튜브에 연출하는 멋진 나만의 삶은 외톨이가 되는 것이 두렵다는 웅얼거림으로 들린다. 사실 외톨이라는 말에는 평균적인 삶과 멀어지는 초조함과 외로움, 부적응의 음습한 그림자가 어른거린다.

하지만 소세키는 '외톨이'를 상식적 통념과 다르게 사용하는 용법을 보여 준다. 소설 『태풍』(野分; 『호토토기스』 1907년 1월)을 읽으면 신경에 거슬릴 정도로 같은 단어가 반복해서 눈에 들어온다. 꼼꼼히 세어 보니 소세키는 '외톨이'라는 단어를 서른일곱 번이나 썼다. 풍성한 어휘력과 정밀한 묘사력이라면 타의 추종을 불허하는 소세키가 왜 이렇게 같은 단어를 반복해서 썼을까. 분명 특별한 이유가 있을 것이다.

이 소설에는 두 유형의 외톨이가 나온다. 첫번째 유형은 소신 있는 자발적 외톨이다. 도야 선생은 가난한 문학자이다. 30대 중반의 가장인 그는 글품을 팔아서 호구지책을 마련하고 있다. 처음부터 직업이 없었던 건 아니다. 그는 대학을 졸업한 뒤 세 곳의 중학교를 전전했다. 처음 부임한 학교는 큰 석유회사가 지역 사회의 돈줄을 쥐고 있는 곳이다. 도야 선생은 '돈과 인품'은 반드시 일치하지 않는다는 연설을 했다가 사달이 났다. 회사 임원들과 학교가 합세해서 건방진 놈이라며 도야 선생을 쫓아낸다.

두번째로 간 학교는 석탄공업지대에 있었다. 여기서도 도야 선생은 황금만능주의를 비판하다가 쫓겨난다. 도야 선생이 교직에 정착하지 못하고 밀려나는 장소가 석유, 석탄산업의 중심지인 것은 산업혁명에 의해 사회 질서가 재편되고 있는 특징을 잘 보여 주고 있다. 세번째는 타지 사람을 배척하는 시골학교였다. 어느 날 옛날 번주(藩主)를 지냈던 지역 유지가 수업을 참관하러 왔다. 도야 선생은 수업을 멈추지 않고 계속한다. 권세가 앞에서 굽실거리지 않다니 일개 교사가 건방지다고 사람들은 비난했다. 이는 메이지 시대에도 여전히 남아 있는 봉건적인 계급 질서의 구태를 보여 준다.

도야 선생은 교사 노릇에 질려 버렸다. 그는 교직을 버리고 잡지와 신문에 글을 쓰면서 근근이 살아간다. 비정규직으로는 목구멍에 풀칠하기가 어려우니 아내는 바가지를 긁는다. "당신처럼 고집이 세면 밥 먹고 살기 힘들어요." 도야 선생도 자기가 사회와 섞이지 못하는 완고한 사람이라는 것을 모르지 않는다. 외려 그는 세상에 녹아들지 않으려 애쓰고 있다. "만일 자신이 세상에 용해되려고 한다면 그 순간, 자신은 완전히 소멸되어 버릴 것"임을 잘 알고 있다. 자신의 신조를 지키기 위해 스스로 외톨이가 된 사나이, 도야 선생은 세속에 저항하며 독야청청 살아갈 수 있을까?

또 다른 유형은 사회로부터 부득이 밀려난 외톨이다. 대학을 졸업한 청년 다카야나기는 번역으로 겨우 연명하고 있다. 고향에 있는 홀어머니에게 생활비도 보내 드려야 하는데 일자리를 얻을 수가 없다. 그는 부자 친구를 따라 난생처음 음악회에 가 보고 양식당에 가서 스테이크도 얻어먹지만 어딜 가나 주눅이 든다. 설상가상 폐결핵까지 걸려서 기침을 한다. 삶이 지지리 궁상이요, 짠내 나는 청춘이다. 다카야나기는 세상 사람 모두가 자신을 따돌린다는 피해의식에 사로잡혀서 사회를 냉혹한 경쟁터라고 원망한다. 다카야나기는 무사히 세속에 합류해서 살아갈 수 있을까?

이 두 명의 외톨이를 연결해 주는 나카노는 부유한 명문가에서 태어난 청년으로 다카야나기와 절친한 사이다. 두 청년은 각각 도야 선생과 인연을 맺게 된다. 관점을 어디에 두느냐에 따라 소설을 읽는 재미가 다르다. 사회경제적으로 극심한 차이를 보이는 금수저와 흙수저 청년을 비교하며 읽을 수도 있고, 비슷하게 빈곤한 처지에 놓인 청년과 중년을 비교해서 읽을 수도 있다. 나로서는 후자의 분석틀에 끌린다. 두 사람은 사회와 섞이지 못하는 외톨이라는 공통점에도 불구하고 닮지 않았다. 어째서 외톨이가 되는가. 스스로 외톨이의 길을 선택한 사람과 부득이 외톨이의 길로 내몰린 사람은 어떻게 달라지는가. 이런 질문을 따라가면 우리는 소세키라는 작가를 말할 때 빼놓을 수 없는 '자기본위의 개인주의'에 가서 닿을 것이다.

2. 약자의 원한감정 vs 강자의 자존감

도야 선생과 다카야나기, 두 사람 모두 가난한 외톨이지만 삶의 품격이 다르다. 이 차이는 어디서 나오는 것일까? 다카야나기는 모든 사람들이 자신을 배척하고 있다고 원망한다. 자신을 외톨이병에 걸리게 한 것은 세상이다. 청년은 '돈이 없다. 시간이 없다. 세상 사람들이 자신을 괴롭힌다. 분하고 억울하다'고 세상을 저주한다. 세상 속으로 들어가고 싶은데 세상이 잔혹할 따름이다. 그는 외톨이가 된 게 억울하고 괴롭다.

이에 비해 도야 선생은 외롭지 않다. 그는 돈과 명성을 따라 달려가는 세상 사람들과 자신이 다르다는 것에 자부심을 가지고 있다. "다른 사람과 크게 차이가 난다는 것을 자부하면서 다른 사람이 자신을 알아주지 않는다고 번민하는 것은 모순이다." 타인의 인정은 중요하지 않다. 그는 누가 뭐래도 자신의 길을 가는 외톨이야말로 인간으로서 존엄한 길이라는 신념을 가지고 있다.

두 외톨이를 바라보고 있노라면 니체가 말하는 '힘 의지'라는 개념이 떠오른다. 니체는 자기 안의 수많은 욕망이 힘겨루기를 한 결과 어떤 힘이 승리하는지가 그 사람을 말해 준다고 했다. 능동적인 힘은 자기로부터 구성되는 힘이다. 출발점이 자신이기 때문에 자신이 욕망하고, 자신이 결정하며, 어떤 상황에서도 자기가 할 수 있는 일을 구성해 간다. 이에 반해 반동적인 힘은 타자로부터 구성되는 힘이다. 다른 사람을 부러워하고 질시하고, 다른 사람의 것을 빼앗거나 방해하는 식으로 행동한다. 능동적인 힘은 긍정으로 표출되고 반동적인 힘은 부정과 짝을 짓는다.

다카야나기가 돈이 없어서 글을 못 쓴다고 말하는 것은 니체식으로 보면 부정적이고 비겁한 약자의 행동이다. 약자는 누구 때문에 내가 뭘 못한다고 변명하면서 부정적인 힘을 쓴다. 다카야나기는 자신이 현재 괴로운 이유를 설명하기 위해 과거사까지 동원한다. 그가 일곱 살 때 우체국 직원이었던 아버지가 공금 횡령으로 구속되었다. 아버지는 감옥에서 폐병으로 죽었다. 그래서 다카야나기는 자신은 죄인의 자식이라 숨이 막힐 것 같다고 하소연한다. 폐병도 유전이고 죄악도 유전이고, 자신에게만 불행의 종합세트가 태생적으로 주어졌단 말인가. 이렇게 모든 인과관계를 자기 중심으로 재조립해서 타인을 원망하고 미워하는 것이 약자의 특징이다. 모든 것을 타인의 탓으로 돌리면 필연적으로 원한감정이 나온다. 약자는 나만 못하는 건 억울하다고, 다른 사람도 못했으면 좋겠다고 끌어내린다. 약자의 원한감정으로는 자기 존엄성을 구현할 수가 없다.

도야 선생은 자신의 처지를 비관하지도 부끄러워하지도 않는다. 그는 다카야나기에게 아버지의 과거가 어떻든 다 핑계라고 일축한다. 삶은 과거에 있지 않으니 지금부터 꽃을 피우라면서 타인의 시선에 구애받지 말고 문학자의 길을 가라고 격려한다. 정정당당하게 창작에 매진하라고 권하는 도야 선생의 내면에는 강자의 윤리가 살아 있다.

여러 학문 중에서 문학자가 가장 여유로운 시간이 없어서는 안 되는 것처럼 여겨져 왔습니다. 웃긴 것은 당사자들조차 그런 생각을 하고 있었다는 점입니다. 그러나 이건 잘못된 생각입니다. 문학은 인생 그 자체입니다. 고통이 있고, 궁핍이 있고, 고독이 있고, 무릇 인생길에서 만나는 것들이 곧 문학이고, 이

런 것들을 맛본 사람이 문학자입니다.(『태풍』, 노재명 옮김, 현암사, 2013, 100쪽)

도야 선생은 문학자의 길을 선택했다. 다른 학문 같으면 비참한 형편에서 연구가 불가능하지만 문학은 다르다. 문학자는 인간 세상의 풍파와 장애 속으로 자진해서 뛰어든다. 인생의 본질 속으로 들어가기 위해 고통을 기꺼이 감내한다. 내가 좋아서 나의 글을 쓴다는 것. 인생의 본질과 만나기 위해 기꺼이 고통과 궁핍과 고독을 맛보는 자가 문학자이다.

도야 선생은 남들로부터 괴짜라고 힐난받는 게 두렵지 않다. 명성이나 물질적 보상은 중요하지 않다. 그는 옛날부터 무엇인가를 하려는 사람은 외톨이가 되었다는 사실을 잘 알고 있다. 때론 아내에게 바보 취급을 당하고 하녀에게도 비웃음을 사지만 괘념치 않는다. 그의 고고한 태도는 강자의 존엄성을 보여 준다.

다카야나기는 도야 선생과 대화한 후 "갑자기 자신이 넓은 세계에 끌려 나온 듯한 기분"을 느낀다. 자신만의 좁은 세상에서 벗어나서 자유의식을 맛본 것이다. 도야 선생도 청년과 "세상에서 유일한 친구"가 된 것 같은 기분을 느끼고 하하하 웃는다. 외톨이끼리의 훈훈한 교감은 삶을 변화시키려 하고 있다. 약자의식에 찌들어 있던 청년이 깜짝 놀랄 만한 능동적인 힘으로 급변하는 사건이 소설의 클라이맥스에 기다리고 있다.

3. 자기본위의 진정한 개인주의

––––––––––

외톨이는 소세키가 '자기본위의 개인주의'를 일컫는 또 하나의
별칭이다. 개인주의라는 단어를 듣는 순간 짜증이 나고 눈살을
찌푸리는 사람도 있겠다. 개인주의와 이기주의가 뭐가 다르냐고
반문하는 독자도 있겠다. 자유시장경제가 잠식한 요즘은 이런 것
이 진정한 개인주의인가 의문이 들 때가 있다. 파렴치할 정도로
자기중심적이고 몰상식한 진상고객 때문에 몸서리쳐 본 경험이
있는 사람이라면 본능적으로 불쾌감이 떠오를 것이다. 혹은 개인
주의는 세상을 도외시하는 현실도피자가 아니냐고 오해할 수도
있다.

소세키가 말하는 개인주의는 이기주의의 틀에 갇힌 좁은 개
념이 아니다. 자신을 자유롭게 만드는 동시에 타인의 자유도 존
중하는 가치관이다. 도야 선생은 자기본위의 개인주의를 실천하
고 있는 대표적인 인물이다. 도야 선생은 차가운 바람이 맹렬하
게 불어오는 날 연설을 하러 간다. 1906년, 도쿄시의 전차요금 인
상 반대 시위를 한 사람들이 구속되자 도야 선생은 구속자 가족

을 돕기 위해서 연설을 하려고 한다. 아내는 겁에 질려서 "사회주의자라는 오해라도 받게 되면 곤란하다"고 극구 말린다. 사회적 약자 편에 서면 색깔론으로 몰아가는 풍토는 예나 지금이나 마찬가지인 듯하다. 도야 선생은 "오해받아도 상관없어. 국가주의고 사회주의고 알 게 뭐야? 그저 올바른 길을 걸으면 됐지"라고 초연하게 대답한다.

도야 선생은 국가주의라는 거대한 표상을 가볍게 뛰어넘는다. 그의 개인주의 사상은 위험천만해 보인다. 하지만 약자를 돕고 사회정의를 몸으로 실천하는 도야 선생을 이기주의자라고 폄하할 수 있을까. 국가주의가 필요없다고 하는 그를 안온한 현실 도피자라고 비웃을 수 있을까. 그의 개인주의는 소설 제목이 상징하는 대로 거대한 태풍에 맞서는 행보이다.

메이지 시대는 국가와 천황에 대해 절대 복종을 강요받는 사회적 풍토였다. 전체주의적인 국가를 위해서 개인의 사상의 자유는 억압받았다. 당파에 휩쓸려 금력과 권력에 팔려 가지 않으려면 지극히 용기 있는 도덕과 책임 있는 지성을 담보하지 않으면 안 된다. 1914년에 소세키는 「나의 개인주의」라는 제목의 강연에서 "사실 우리들은 국가주의자이기도 하고 세계주의자이기도 하고 동시에 개인주의자이기도 합니다"(『나의 개인주의 외』, 70쪽)라고 말했다. 소세키는 개인의 자유가 있어야 개성이 발전하고 각

자가 행복할 수 있다는 지론을 펼친다. 단독자 개인으로 흩어져
야 자유롭게 자기 길을 간다. 장작개비는 힘이 없어 보여도 다발
로 모이면 강한 힘을 발휘한다. 진정한 자유인이 되면 개인주의
는 세계를 결속시킨다. 소세키의 사회의식은 도야 선생에게 그대
로 투영되고 있다.

이 소설의 상당 부분이 「현대의 청년에게 고함」이라는 계몽
적인 연설 내용으로 채워져 있어서 문학적으로는 덜 매력적으로
보일 수도 있다. 하지만 선악의 이분법에 사로잡히지 않고 사회
적 모순을 표출하는 능력이 소세키의 매력이다. 도야 선생은 일
종의 블랙리스트에 속해 있는 인물이다. 그의 책이 출판되는 걸
막는 은밀한 세력이 있다. 도야 선생은 435쪽이나 되는 장문의
「인격론」을 썼지만 빛을 보지 못하고 사장될 판이다. 그의 글은
금력과 권력을 휘두르는 부자들을 공격하며 인간성의 소중함을
지키고자 한다. 도야 선생을 정탐하는 자들은 나카노의 아버지
가 운영하는 회사 직원이다. 하필 도야 선생의 친형이 그 회사에
다닌다. 형은 도야 선생이 책 출판을 포기하도록 뒤에서 빚 독촉
을 사주하고 연설을 못하게 방해한다. 형 자신은 동생을 돕는다
고 생각하지만 본의 아니게 자본가의 앞잡이 노릇을 하게 된다.
적은 가장 가까이에 있다고나 할까? 도야 선생을 곤경에 처하게
하는 악역을 뜻밖에 친형이 맡게 되는 아이러니를 보면 소세키의

사회의식에 감탄할 수밖에 없다. 자신이 처한 계급적 배경과 사회적 상황에 따라 이해관계가 혼란스럽게 거미줄처럼 얽혀 있다.

이 소설의 클라이맥스가 되는 결말은 매우 인상적이다. 나카노는 결핵에 걸린 친구에게 요양을 가라고 서슴없이 100엔을 내준다. 다카야나기는 각혈을 하면서도 요양을 포기하고 친구에게 받은 돈으로 도야 선생의 빚을 갚아 버린다. 소설은 열린 결말로 끝난다. 다카야나기가 도야 선생의 원고를 나카노에게 가져다준들 책으로 출판될 수 있을까? 다카야나기는 살아서 자기만의 글을 쓸 수 있을까? 아무도 알 수 없다. 다만 다카야나기가 변할 거라는 것은 예감할 수 있다. 그는 피해망상에 사로잡힌 외톨이였지만 더 이상 외톨이가 아니다. 아니 외톨이라도 괜찮다. 이제 그는 약자의 방식으로 세상을 저주하지 않고 자기 방식의 개인주의로 살아갈 수 있을 것 같다. 사람은 스스로를 위해 존재해야 하며, 자유를 능숙하게 사용하는 것은 인간의 권리이자 큰 책임이라고 했다. 고독하게 살아가는 정신에 대한 탐구를 읽으며 나 역시 시류에 휩쓸려서 살지는 않는지, 다른 사람을 부러워하지 않고 자유롭고 품위 있게 외톨이의 삶을 누릴 태세가 되어 있는지 스스로를 돌아보게 된다.

나는 고양이로소이다

吾輩は猫である

세상의 속도와 달리
자기만의 속도로 걸어갈 수는 없을까?

1. 왜 고양이의 시선인가?

———————

대스타일수록 공연의 맨 마지막에 등장해서 화려한 피날레를 장식하는 법이다. 소세키 문학의 원점이라고 할 수 있는 『나는 고양이로소이다』(吾輩は猫である; 『호토토기스』 1905년 1월~1906년 8월 연재. 이하 『나 고양이』)를 가장 끝으로 소개하는 까닭은 대스타를 대우하는 이치와 같다. 『나 고양이』는 소세키의 장편소설 14편 중에서 내가 가장 애정을 느끼는 작품이라 아껴 둔 보물을 꺼내는 심정이다. 1905년 1월 『나 고양이』 1회분이 잡지에 발표되었다. 소설에 대한 반응은 뜨거웠다. 원래 시험 삼아 한 편 썼던 소설이 열화와 같은 인기를 얻게 되자 소세키는 11편이나 연재를 이어 나가게 된다. 『나 고양이』는 무명작가였던 소세키를 세상에 알리는 신호탄이 되었다. 맨 처음 쓴 등단작이 생애 가장 유명한 대표작이 되었다는 것도 흥미롭다. 이 소설에는 자본주의의 실상과 허상을 비롯해 근대문명 비판과 자기본위의 개인주의, 마음의 탐구와 같은 소세키의 주요 사상이 총망라되어 있다.

『나 고양이』는 이름 없는 새끼고양이가 구샤미 선생의 집으로 기어들어 와 함께 살면서 시작된다. 고양이는 주인집 식구들을 관찰하고 그 집에 드나드는 친구들과의 대화를 엿듣고 독자들에게 전해 준다. 잡지에 연재되던 이 소설은 상·중·하권으로 묶

여서 단행본으로 출판되었다. 소세키는 상권 자서에서 "고양이가 살아 있는 동안——고양이가 건강한 동안—— 고양이의 기분이 내킬 때는 나도 다시 붓을 잡아야 한다"(『나 고양이』, 송태욱 옮김, 현암사, 2013, 15쪽)고 썼다. 소설을 쓰게 하는 동인이 작가의 의지가 아니라 고양이의 기분에 따라서라는 발상이 독특하고 재미있다. 왜냐하면 고양이가 주인공이기 때문이다.

소세키는 왜 고양이를 소설의 화자로 삼은 걸까? 이 소설에 등장하는 고양이는 '생각하는 존재'이다. 동물이지만 인간 행태의 앞면과 뒷면을 폭넓게 투시할 수 있는 인식력을 가졌다. 심지어는 주인의 심리까지 꿰뚫어보는 독심술도 구사한다. 이 집의 고양이는 전지적 작가 시점으로 인간의 행동과 심리를 파악해 나간다. 고양이는 일정한 거리를 두고 인간 군상을 객관화시켜서 바라본다. 우리에게는 당연하게 여겨지는 세태가 고양이의 시선으로 보면 당연하지 않고 이질적으로 비친다.

고양이가 바라보는 문명세계는 한마디로 "바쁘다. 바빠"이다. 고양이가 보기에 인간은 쓸데없는 일을 만들어서 바빠서 허둥대는 존재다. 고양이는 인간들이 바쁜 까닭을 간파한다. 예컨대 인간은 하늘과 대지를 만들기 위해 조금도 애쓰지 않으면서 땅에 금을 긋고 자기의 소유라고 주장하느라 바쁘다. 창공에도 울타리를 칠 태세다. 인간은 천지자연의 소유권을 둘러싸고 전쟁을 벌이느라 바쁘다. 고양이가 보기에 인간은 태생적으로 평등을 싫어하는 것 같다. 동물은 옷이 필요 없는데 인간은 왜 옷을 입는가. 재산과 신분과 지위가 다르다는 것을 과시하기 위해서다. 고양이는 복장을 통해서 계급의 차별성을 나타내려는 문명세계의 인간을 비웃는다. 인간이 유일하게 평등해지는 곳은 모두가 옷을 벗고 벌거숭이가 되는 공중목욕탕 안이다. 고양이가 공휴일에 주인을 뒤따라가서 공중목욕탕을 보고 생각하는 인식 수준이 이 정도로 근사하다. 소세키가 고양이를 주인공으로 삼은 것은 인간세상을 냉철하게 조감할 수 있는 관찰카메라가 필요했기 때문이 아닐까.

고양이는 10년째 중학교 영어 교사를 하고 있는 구샤미가 "목욕탕과 탈의실 사이에 놓인 문지방을 딛고 서 있는" 사람처럼 느껴진다. 그는 문명사회에 속하지도 못하고 벗어나지도 못하는 경계인이다. 때로는 구샤미가 소세키가 되고 때로는 고양이가 소세키를 대변해 준다. 소세키는 자유자재로 인간과 동물을 넘나들면서 자아와 타자의 세계를 그려 나간다. 그러고 보면 소세키는 문명사회를 냉소하는 방관자적인 위치를 넘어서 시대와 사회를 해석하고 증언하는 참여자의 위치에 자신을 올려놓고 싶었던 것도 같다.

2. 무사태평 한가롭게 사는 사람들

고양이가 얼마나 인간의 특징을 잘 파악하고 있는지는 간게쓰의
혼담에 얽힌 소동만 봐도 알 수 있다. 간게쓰는 구샤미의 제자로
지금은 대학에 근무하는 물리학자이다. 존경받는 학자가 연구하
고 있는 내용을 살펴보면 '도토리의 안정성에 대한 연구'라든지
'목매달기의 역학' 같은 다소 고개를 갸웃거리게 만드는 제목이
다. 사회 고위층을 이루고 있는 대학사회의 허상을 들춰내는 뼈
있는 농담이 배꼽을 잡게 만든다.

인근에 살고 있는 돈 많은 사업가 가네다는 간게쓰를 사위로
삼고 싶어 한다. 재산은 차고 넘치니 박사라는 명예까지 소유하
고 싶은 것이다. 가네다 부인은 간게쓰가 박사학위를 받을 수 있
는 사람인지 알아내려고 직접 구샤미의 집을 방문했다가 깜짝 놀
란다. "가네다가 누구지?" 구샤미의 반응이 심드렁했기 때문이다.
이럴 수가! 지금까지 가네다 씨 아내라고 말했을 때 후다닥 태도
를 바꾸지 않은 사람은 없었다. 이 사람 뭐야? 가난한 선생 주제
에 건방지기 짝이 없네. 가네다는 자신들 앞에서 설설 기지 않는
벽창호가 괘씸해서 구샤미를 골탕 먹이려고 인맥을 총동원한다.

구샤미는 눈치도 없이 "나 이 결혼 반댈세"로 나간다. 이유
는? 가네다 부인의 코가 너무 커서 싫다는 거다. 높은 콧대만큼

부인은 거만하고 무례하다. 가네다가 지폐에 눈과 코를 붙여 놓은 '활동지폐'라면 그의 딸은 '활동우표'쯤 될 게 뻔하다. 그에 비하면 간게쓰는 '활동도서관'이다. 간게쓰는 '개구리 눈알의 전동 작용에 대한 연구'에 착수하지만 개구리 눈알같이 깎으려는 유리알은 자꾸만 콩알만 해진다. 박사학위는 요원해지고 부잣집 딸과의 혼사는 무산된다. 이 우스꽝스러운 소동은 부끄러움도 모르고 인정도 의리도 사라진 당시의 속물주의를 신랄하게 폭로하고 있다.

고양이는 구샤미 집안의 일상사를 세밀화처럼 촘촘하게 묘사한다. 문자 그대로 일상사이다. 특별한 사건이랄 게 없다. 구샤미가 집에 드나드는 친구들과 나누는 대화가 거의 다다. 드나드는 지인들은 미학이나 물리학, 문학을 전공한 고등교육을 받은 지식인이다. 구샤미 일행은 돈벌이에는 최소한으로 에너지를 기울이고 남는 시간은 모여서 시시한 농담 따먹기로 소일하고 있다.

> 인간이라는 족속은 시간을 보내기 위해 애써 입을 놀리고, 우습지도 않은 이야기에 웃고, 재미있지도 않은 이야기에 기뻐하는 것 말고는 별 재주가 없는 자들이라고 생각했다.(『나 고양이』, 108쪽)

고양이가 보기에 인간은 이상한 족속이다. 쉴 새 없이 말하고 웃고 즐거워하는 것밖에 신통한 재주가 없어 보인다. 바로 이 점이 내가 고양이에게 전격 공감하는 부분이다. 스토리텔링이야 말로 인간을 연대하게 만들고 사회를 유지시키는 힘이 아닌가. "나를 키운 건 팔 할이 바람"이라는 시인의 표현을 빌려 오자면, 나를 키운 것은 팔 할이 재담이었다. 나는 사는 재미의 대부분을 벗들과 나누는 한담에서 얻는다. 아무리 신세가 고달파도 마음이 통하는 사람들끼리 모여 앉아서 이야기를 나눌 수 있으면 세상풍파를 넘어갈 수 있다고 믿고 있다.

구샤미 집에는 이야기가 백과전서처럼 흘러넘친다. 미학자 메이테이가 세상에 있지도 않은 '도치멘보'라는 서양요리를 주문해서 식당 종업원을 골려 먹는 말장난에는 문학계에 새롭게 유행하는 하이쿠운동이 암시되어 있다. 구샤미는 '땅속의 거인이 끌어당기는 힘'이라는 이야기로 화답하면서 중력에 대한 물리학 지식을 뽐낸다. 메이테이가 친구의 전사 소식을 편지로 받고 슬퍼서 '목매는 소나무'를 찾아간 이야기를 하면 간게쓰는 강물 아래서 부르는 아가씨의 목소리를 환청으로 듣고 다리에서 뛰어내렸다는 '자살미수사건'으로 대응한다. 거의가 농담이거나 과장된 뻥이다. 뻥을 쳐도 뭐라는 사람이 없다. 허풍은 "사물의 본질을 꿰뚫어 보는 안목"에 속한다는 신조를 가지고 있기에 허허 웃어넘긴다. 농담 같으면서도 고급스럽고 지성적인 수다삼매경에 빠진다. 그들은 해학과 익살을 소일거리 삼아 장난과 허풍을 즐기며 살아간다.

　이런 한가로운 사람들 같으니라고. 어떻게 이렇게 무사태평 살아갈 수 있지? 슬며시 의문이 든다. 소세키가 『나 고양이』를 연재하기 시작한 때는 일본이 뤼순(旅順)을 함락한 해이다. 러일전쟁의 승리로 일본은 일약 세계사의 주역으로 합류했다. 정치적으로는 국가라는 거대담론하에 일사불란하게 집결하고, 제국주의가 기승을 부리고 있었다. 경제적으로는 주식과 경마 열풍이 불고, 황금만능주의와 한탕주의가 휩쓸고 있었다. 물가와 집세는 천정부지로 오르고 취업난은 심해지고 자본주의가 고도화되고 있었으니 눈코 뜰 새 없이 바쁘기 한정없는 세상이다. 그런데 구샤미 일당은 하릴없이 세상을 비꼬고, 재치 있게 세태를 패러디하며 노닥거린다. 세상의 낙이라곤 입담뿐이다. 이래도 되나? 이래서야 경쟁에 뒤처지지 않고 하루가 다르게 급변하는 근대화의 물살을 탈 수 있을까? 설마.

3. 도락, 생명력을 고양시키는 활동

세상은 구샤미 같은 사람을 고집쟁이라고 부른다. 구샤미도 자신이 시류의 흐름에 동떨어진 아웃사이더라는 걸 잘 알고 있다. 그는 맨날 학교 선생이 힘들다고 푸념하지만 그렇다고 돈 잘 버는 사업가로 변신할 생각은 꿈에도 없다. 돈을 벌려면 경쟁사회에 합류해야 하는데 실속을 차리는 계산에는 둔하다. 옷은 단벌이요, 지붕 위에는 풀이 자라고, 문패 대신 밥풀로 명함을 붙여 놓는 초라한 생활이지만 세상의 속도를 좇아 뛰고 싶지는 않다. 아니 그 속도에 맞춰서 뛸 능력도 없다. 빠른 세상과 관계없이 천천히 서행하고 있는 이들의 행보를 뭐라 부를 수 있을까?

소세키가 이들의 행보에 붙여 준 이름은 "도락"(道樂)이다. 도락이라는 단어를 들으면 주색잡기가 먼저 떠오를지도 모르겠다. 보편적인 통념으로는 게임이나 도박 같은 취미 생활에 중독되어 무책임하게 일상을 방기하는 파락호가 연상되기 마련이다. 소세키는 도락의 의미를 비틀어서 사용한다. 장자가 말하는 쓸모없음의 쓸모랄까, 가치의 전도가 일어난다. 세상에서 말하는 유능한 사람이 실상 남을 함정에 빠뜨리고 약삭빠르게 행동하는 불한당이라면 차라리 무능한 사람은 고급한 인간이다. 소세키가 말하는 도락은 즐거움이 도가 되는 삶이다. 남들처럼 실리와 이해타산을 따지지 않고 소유로부터 자유로운 활동이다.

구샤미 일행은 화폐가 지배하는 사회를 벗어날 수 없지만 얽매이지도 않는다. 그들이 삶에서 가장 중요하게 여기는 가치는

'정신적인 자유'이다. 퇴근하고 집에 돌아오면 수채화를 그리고, 연극을 하고, 신체시를 짓고, 하이쿠로 응답한다. 가정경제를 책임진 가장이 도락에 빠지면 큰일이라고? 밤낮으로 투 잡, 쓰리 잡을 뛰어도 모자랄 판에 태평하게 살아가다니 걱정되는가? 맞다. 자본주의 사회에는 걸맞지 않은 처세술이다. 4, 50대에 과로사하는 사건이 새삼스럽지도 않게 된 오늘날의 속도전을 생각하면 세상물정 모르는 한량이라고 비난받기 알맞다.

　끼리끼리 만난다고 고양이의 성품도 주인을 똑 닮았다. 고양이는 지금까지 쥐를 잡은 적이 없다. 쥐도 못 잡는 쓸모없는 고양이라고 구박받자 인력거꾼 집의 고양이 검둥이를 찾아간다. 검둥이는 완력을 자랑하며 자기는 쥐를 40마리 넘게 잡았다고 거드름을 피운다. 당시 도쿄시는 전염병을 예방하기 위해 쥐를 마리당 5전씩 사들였다. 검둥이는 자기가 주인에게 얼마나 많은 돈을 벌어 줬는지 자랑한다. 그 말을 들은 고양이는 앞으로도 결코 쥐를 잡지 않겠다고 결심한다. 돈벌이도 싫고 국가시책에 부응하는 것도 별로다. 고양이는 울타리를 사뿐히 뛰어넘으며 공중곡예를 하며 논다. 쥐를 잡던 검둥이는 얼마 후 절름발이가 되었다. 주인에게 충성했던 검둥이의 서글픈 말로가 거대한 생산사회에서의 인간의 노동을 돌아보게 한다.

　소세키는 '도락과 직업'을 대비시켜서 강연을 한 적이 있다.

자본주의는 생산성을 높이기 위해 철저히 분업화되었다. 기계화가 진행될수록 직업이 전문화될수록 공정이 분절되고 3배, 4배로 속도가 빨라진다. 효율성이 높아지면 이익이 커지는데 뭐가 문제냐고? 효율성을 추구하는 시스템은 인간을 소외시킨다.

　나는 이 문제를 시아버지를 모시고 3년간 종합병원에 다니면서 절실하게 체험했다. 심장스텐트 삽입 시술을 받은 적이 있는 시아버지는 고혈압 때문에 정기적으로 심혈관내과에 가서 진료를 받았는데 갈 때마다 미리 혈액검사실에 가서 피를 뽑았다. 당뇨수치가 높아지자 내분비내과로 가라 했다. 다시 피를 뽑았다. 빈혈이 심해지자 이번에는 혈액종양내과로 가라 했다. 또 피를 뽑았다. 채혈 결과를 기다리고 진료를 대기하는 시간은 참으로 길었다. 세 군데 과를 전전하는 것도 힘들었지만 피가 부족해서 아픈 환자에게 매번 세 번씩이나 채혈을 하니 기가 찼다. 모두 혈액에 관련된 병증이니 같은 날 한 번만 피를 뽑아서 세 가지 검사를 할 수 없느냐고 항의해 봤지만 소용없었다. 나는 혈압만 본다, 나는 당뇨만 본다, 나는 종양만 본다는 식이었다. 분업을 해야 빨리빨리 환자를 처리할 수 있다는 효율성의 신화가 의료시스템을 잠식하고 있었다. 분업화의 과정은 노동하는 사람을 협소한 하나의 부품으로 전락시킨다. 자본주의가 진행될수록 인간은 노동의 과정에서 소외되고, 생산의 결과로부터도 소외된다. 효율성이라는 기치 아래 사람들은 유유자적 느긋하게 사는 법을 잊어버렸다.

4. 빠름의 신화에 맞서는 안티의 윤리

자본주의 사회의 소외에 대응하기 위해 소세키는 '도락'에 새로운 의미를 부여했다. 소세키는 철저히 파편화되고 외로워진 개인이 인간적인 심성을 느끼기 위해서 도락이 필요하다고 보았다. 도락은 자신이 좋아서 "활력을 소모"하는 일이다. 의무적으로 하는 노동과는 다르다. 활기차게 생명력을 고양시키는 행위를 소세키는 도락이라는 이름으로 부른다. 도락은 정신을 자극하고 살아있는 생생함을 즐기게 하는 윤활유이다. 그것은 취미에 빠져드는 열정이기도 하고, 학문과 예술의 원천이기도 하다. 도락은 문학도 되고 과학도 되고 철학도 된다. 무사태평 한가하게 수다를 떨며 살아가는 구샤미 일행에게 도락은 문명사회의 도도한 물결을 우회하는 안티의 윤리였던 것이다.

이 소설은 화폐에 사로잡힌 근대의 진풍경을 풍자했다. 문명사회의 미래를 예견하는 장면도 많다. "현대사회는 자살이 증가할 것이다. '죽고 싶은 남자 있음'이라는 팻말을 집 앞에 걸어 두면 경찰이 와서 처리해 줄 것이다. 행복해지도록 죽음을 돕는 게 국가 공무원의 의무다"라는 말은 농담처럼 들리지만 점차 결혼이 불가능한 일이 되고 부모 자식이 떨어져 살게 되며 이혼이 증가하고 독신이 늘어난다는 전망은 이미 현실이 되고 있다. 1900년대 초에 이미 현대사회의 어두운 이면을 감지한 소세키의 날카로운 안목이 돋보인다. 갈수록 경쟁은 치열해지고 삶의 속도는 가속화된다. 빈부의 격차는 따라잡을 수 없이 벌어졌다. 아무리 가져도 만족스럽지 않고, 아무리 발전해도 마음은 불안해진다. 어떻게 살아야 할까. 일찍이 니체는 신은 죽었다고 선언했다. 죽은 신의 자리를 대신 차지한 것은 화폐라는 물신이다. 물신은 우리를 구원해 주지 않는다. 구원은 셀프!

소세키는 문명사회에서 겪는 개인의 무력감을 종종 걸음걸이에 비유했다. "다른 지역 사람들은 발뒤꿈치로 걷는다. 도쿄에서는 까치발로 걷는다." 가장 선진화된 도시 사람들은 제대로 걷지를 못한다. 까치발로 종종거리다 어마무시한 인파에 휩쓸려서 떠밀려 간다. 앞으로 나아가지 못하면 제자리에서 빙글빙글 돈다. 근대인의 발걸음은 불안하다. 자기 스스로 속도를 조절할 수가 없다. 한쪽 발은 고무신을 신고 다른 쪽 발은 축구화를 신은 격이다. 다른 사람을 이기려고 뛰다가는 넘어진다. 소세키의 작품에는 늘 속도감이 중요한 키워드로 등장한다.

소세키가 강조하는 삶의 윤리는 자기 속도로 걷기이다. 그것은 진보를 향해 직진하는 자본의 속도감에 제동을 거는 조용한 항변이다. 세상의 속도에 아랑곳하지 않고 자기 발걸음에 맞춰 걷는 것이 필요하다. 빠름의 속물성에 저항하는 느림의 윤리다. 무조건적인 소유와 축적이 결코 삶의 해답이 되지 않는 것은 분명해 보인다. 획일적인 가치관에 매몰되지 않고 천천히 도락을 즐기며 살아갈 수는 없을까? 숨 막히도록 획일화된 문명의 물결을 비껴갈 수 있는 여유, 누가 뭐래도 한가하게 자신의 고유한 본성을 견지하는 뚝심, 이것이 도락에 담겨 있는 비장의 무기일 것이다.

부록

소세키의 삶의 흔적을 찾아서

나쓰메 소세키

夏目漱石

소세키의 삶의 흔적을 찾아서

대구에서 내가 함께하고 있는 공부공동체의 이름은 구인회다. 회원이 아홉 명이라서 구인회는 아니고 2012년에 모임을 만들었을 때 고미숙 선생님이 붙여 준 이름이다. 열 명도 넘는데 왜 구인회냐고 우리도 물어봤지만 9가 완전수라는 간단한 대답만 들었다. 훗날 『주역』을 공부해 보니 9는 양(陽)의 끝까지 오른 수로 음(陰)으로 변화한다. 인문학 공부를 하는 우리들이 9의 숫자처럼 새로운 존재로 변화하라는 의미에서 구인회로 작명해 준 것은 아닐까 짐작하고 있다.

2017년 새해를 맞아 구인회는 소세키 기획세미나를 열었다. 우리는 5개월간 소세키의 소설 작품들과 평론을 읽으면서 1900년대 일본의 풍경에 흠뻑 젖어 들었다. 세미나를 마치는 기념으로 우리는 직접 도쿄에 가서 그가 살았던 자취를 더듬어 보기로 했다.

평소에도 여행을 즐기는 나는 작가나 철학자가 살았던 집을 찾아가는 기행을 특히 좋아한다. 니체가 어린 시절과 마지막 생애를 보낸 독일 나움부르크의 작은 집을 찾아 갔을 때 그가 썼던 펜이나 가구, 생활소품들, 하다못해 양념통까지 전시되어 있는 것을 보고 가슴이 저릿했다. 장난감처럼 작은 한 칸짜리 기차가 지나가는 동네는 니체가 병마로 쓰러져서 정신줄을 놓고 발가벗고 돌아다녔다는 슬픈 사연과 함께 고적한 풍경을 선사했다. 러시아 상트페테르부르크에 가서 도스토옙스키가 『카라마조프가의 형제들』을 집필했던 허름한 방에 들어갔을 때, 낡은 책상을 손끝으로 만져 보았을 때, 곧 먼지처럼 삭아 버릴 것 같은 그의 모자를 보았을 때, 나는 한 작가의 고뇌와 뜨거운 숨결을 느낄 수 있었다. 루터가 숨어서 독일어로 성서를 번역했던 비텐베르크의 어두운 성, 괴테가 작품을 썼던 바이마르의 번듯한 서재도 내 마음속에 깊이 새겨져 있다.

한 작가가 태어나고 활동했던 공간 위에 서 보는 것은 어떤 의미를 가지는가. 비록 작가가 살았던 하늘의 공기는 분자적으로 사라지고 없을지라도 그를 둘러싼 사람들의 에너지는 시공간을 넘어 우리에게 전해지리라. 부푼 기대감과 함께 소세키를 찾아가는 여행은 2017년 5월 24일부터 27일까지 3박 4일 동안 이루어 졌다. 함께 여행을 떠난 일행은 나를 포함해서 구인회 회원 7명이 다. 다음은 소세키의 삶의 흔적을 찾아 떠나는 봄날의 기행문이 다. 소세키가 나서 자란 곳, 묻혀 있는 곳을 돌아보고 그의 소설에 나오는 장소를 찾아가서 한 작가가 머물렀던 시공간을 생생하게 실감해 보고 싶었다.

소세키 투어 첫날: 현실에도 존재하는 '산시로 연못'

일본 도쿄로 소세키 투어를 떠나는 날이다. 대구공항에서 비행기 를 타고 11시에 출발해 1시쯤 나리타 공항에 도착했다. 우리는 게 이세이 스카이라이너를 타고 가다가 잠깐 닛포리에 내렸다. 숙소 로 가려면 여기서 JR야마노테선으로 갈아타야 한다. 전철을 갈아 타기 전에 우리는 닛포리에서 가볍게 점심을 해결하고 당고집을 찾아 나섰다. 소세키 투어의 첫 방문지가 경단을 파는 가게라니? 왜? 닛포리에는 소세키가 절친이었던 마사오카 시키와 자주 갔 다는 하부타에당고(羽二重団子) 가게가 있다. 장장 200년의 역사 를 지닌 경단집이다. 하부타에당고는 지금까지 영업을 이어 오고 있다. 무거운 여행 가방을 끌고 밀고 당고 가게를 찾아갔으나 건

물을 둘러싼 하얀색 가판만 보였다. 하필 공사 중이었다. 원래 있던 원조 가게^{본점}는 2년 후 새롭게 단장한 모습을 드러낼 예정이란다(2019년 5월 공사를 마치고 영업을 재개, 당고 한 꼬치에 고양이 모양의 모나카가 더해진 소세키 세트가 신메뉴로 등장했다고 한다^^).

공사장 가판에는 길 건너 2~3분 거리에 있는 하부타에당고 영업점으로 안내하는 쪽지가 붙어 있었다. 아쉬운 대로 그곳에 가서 당고를 맛보기로 했다. 현대식 빌딩 1층에 있는 10평 남짓한 가게는 손님들로 붐볐다. 영업점 팸플릿을 읽어 보니 과연 소세키가 하부타에당고를 즐겨 먹었다는 내용이 인쇄되어 있다. 고질적으로 위장이 약했던 소세키는 달달하고 부드러운 음식을 즐겨 먹었다고 한다.『나는 고양이로소이다』에도 보면 구샤미 선생이 토스트에 잼을 발라 먹는 얘기와 경단을 먹으러 외출하는 장면이 나온다. 당고는 멥쌀가루로 만든 작은 크기의 경단인데 모찌처럼 끈끈하지 않고 몰랑했다. 간장조림 맛은 짭조름하고 팥고물 맛은 달달했다. 곁들여서 먹는 쌉싸름한 말차가 단맛을 중화시켜 줘서 입맛이 개운하다.

숙소로 와서 짐을 내려놓고 우리는 급히 도쿄대학교를 향해 떠났다. 지하철을 타고 도쿄대에 도착하자 벌써 날이 저물기 시작한다. 붉은 나무 색깔이 고풍스러워 보이는 아카몬(赤門)을 통과해서 조금 걸어가니 이정표가 보인다. 깜짝이야. 이정표에 '산

도쿄 닛포리역 근처에 있는 하부타에당
고 영업점. 소세키가 즐겨 찾았던 200년
역사의 본점은 공사 중이었다.

도쿄대의 상징인 아카몬으로 들어가 산시로 연못을 찾아갔다.

시로 연못'(三四郞池)이라고 버젓이 쓰여 있다. '소세키 연못'도 아니고 소설 속 주인공의 이름을 따서 '산시로 연못'을 공식 명칭으로 부르고 있다니 너무도 신기했다. 내가 예전에 춘천 가는 기차를 타고 가다가 '김유정역'을 발견했을 때처럼 야릇한 감동이 밀려왔다. 우리나라의 수많은 기차역 중 작가의 이름을 붙인 역은 그곳이 유일하다고 알고 있다. '김유정역'이라는 이름만 봐도 반가운데 「봄봄」, 「동백꽃」의 주인공 점순이의 이름을 따서 '점순이역'이라고 명명한 것과 같은 격이 아닌가. 이쯤 되면 『산시로』는 누구나 읽고 알고 있는 소설이라는 자신감을 보여 주는 것 같다.

산시로 연못은 움푹 내려간 지대에 있었다. 연못 주위는 높은 건물들이 둘러싸고 있다. 이 연못이 바로 산시로가 대학에 입학했을 때 첫사랑의 여인 미네코를 만난 장소이다. 화려한 미네코가 부채를 들고 서 있는 모습을 산시로가 눈부시게 우러러보았던 곳은 어디일까? 연못 주변은 풀과 나무로 가득했고 꽃향기가 물씬 풍겨 왔다. 위에서 내려다보면 이 연못은 마음 심(心) 자 모양을 하고 있다고 한다. 산시로의 애달픈 심정과 잘 어울리는 연못이다. 어느덧 어둠이 밀려와서 글자 모양을 확인해 볼 수는 없었고 사진을 찍었으나 잘 나오지 않았다.

숙소로 돌아오는 길에 아메요코 야시장에 들러서 저녁식사를 하기로 했다. 밤이어서 상점들은 파장 분위기였지만 시장 골

도쿄대 안에 있는 '산시로 연못'. 소설에 나오는 연못에 주인공 이름을 붙여 공식 명칭으로 부르고 있었다.

목에 늘어선 식당에는 사람들로 홍청거렸다. 아기자기한 일본 요리를 종류별로 맛볼 수 있는 소박한 선술집 분위기가 마음을 편하게 만든다. 사케일본주와 나마비루생맥주를 한 잔씩 들고 짠하고 부딪치는 소리에 저절로 홍겨워졌다. 밤이 깊었다.

소세키 투어 둘째 날: 생가에서 무덤까지, '소세키 산방'

도쿄 여행 둘째 날, 아침 일찍 서둘러서 우에노 공원까지 걸어갔다. 일본의 근대화를 상징하는 장소로 우에노 공원을 빼놓을 수 없다. 1873년 10월에 일본에서 최초로 문을 연 공원으로 전체 면적이 53만 제곱미터나 되는 엄청 큰 공원이다. 우에노 공원은 따로 입장료를 받지 않았고 들어가는 입구도 여러 군데였다. 공원 안은 평일인데도 꽤 많은 인파로 붐볐다. 단체로 관람하러 왔는지 중고등학생들이 눈에 많이 띄었다. 우에노 공원에는 국립박물관, 과학박물관, 미술관, 콘서트홀, 동물원 등 온갖 문화 시설이 모여 있다. 에도시대부터 벚꽃 놀이를 즐기는 휴양지로 유명했다고 한다.

소세키의 소설에 자주 나오는 우에노 공원은 『산시로』의 청춘 남녀들이 국화인형전을 보러 간 곳이며, 『태풍』의 외톨이 청년

다카야나기가 친구를 따라 난생처음 음악회를 가게 되는 음악당이 있던 곳이다. 내가 가장 인상 깊었던 장면은 『우미인초』에서의 도쿄박람회가 열리고 있는 우에노 공원에 대한 묘사다. "개미는 단것에 모이고 사람은 새로운 것에 모인다"는 말처럼 격렬한 자극에 굶주린 문명인들은 박람회장에 모여든다. 발을 땅에 댈 틈도 없이 떠밀려 가는 우에노 공원에서 여섯 명의 남녀가 만나 정념의 소용돌이에 빠져들게 된다.

영국자연사박물관 특별전을 하고 있는 과학박물관을 지나니 국립서양박물관이 보였다. 미네코가 모델이 된 '숲속의 여자' 그림이 전시되었던 미술관은 어디였을까? 우리는 일정상 한 군데만 둘러볼 시간밖에 없어서 현대미술관에 들어가 보기로 했다. 현대미술관 입구에는 로댕의 조각들이 우뚝 서 있다. 검은색 부조 「지옥의 문」이 오싹한 느낌을 준다. 미술관에는 유럽의 인상파 화가의 그림이 많이 전시되어 있었다. 두어 시간 미술관을 돌아다니다 보니 다리도 아프고 배도 고프다.

이제 우에노 공원 안에 있는 양식집 세이요켄(精養軒)으로 갈 차례다. 세이요켄은 메이지 9년(1876년)에 개업을 했으니 140년 전통을 자랑하는 식당인데 그리 오래된 건물 같지가 않다. 그 시절에 이 정도로 큰 서양식 건물이면 정말 독보적인 회동 장소였을 것이다. 이날도 줄을 서서 대기해야 할 정도로 문전성시를 이

우에노 공원 안에 있는 경양식집 세이요켄은 140년 넘게 성업 중이다. 소세키의 소설에서는 문예운동을 하는 신세대 청년들의 회합장소로 등장한다.

루고 있었다. 손님은 젊은 층보다는 다소 나이 지긋한 사람들이 많이 보인다. 넓은 홀에 놓인 식탁마다 순백색 테이블보가 덮여 있어 깨끗한 분위기다.

소세키가 아니었다면 우리가 일본에 와서 굳이 양식을 먹을 이유가 어디 있겠는가. 이곳의 대표 메뉴인 함박스테이크와 카레라이스를 먹고 있노라니 '응답하라 1988' 시절이 떠오른다. 1980년대의 청년들은 서울 종로에 가서 함박스테이크나 돈가스를 먹으면 가장 고급스럽고 품격 있는 데이트로 여겼다. 외식이 흔치 않던 시절이라 나이프와 포크로 고기를 자르는 것만으로도 뭔가 모던한 분위기에 취했던 것 같다.

소세키의 시절에도 그랬을 것이다. 신세대 하이칼라 청년들이 이 회관에 모여 시대의 변화와 새로운 문예운동을 논하는 장면이 소설에 등장한다. 세이요켄은 개화를 상징하는 고급스럽고 세련된 장소였던 것 같다. 『행인』에서도 지로가 돈 많은 사업가 아버지와 이곳에 식사를 하러 온다. 마침 형의 친구 K가 식당 전체를 빌려 결혼피로연을 열고 있다. 지금으로 치면 호텔급 피로연이라고 할까. 근대의 주역인 신흥부르주아 계급의 일상을 잘 보여 주는 장면이라고 생각한다. 이곳은 각계의 명사가 모여 드는 사교장이었고 역사적 회담의 무대가 되었다고도 한다.

점심 식사를 마친 후, 이번 도쿄 투어의 하이라이트인 소세키가 태어난 집을 찾아갔다. 소세키의 생가는 와세다 대학 전철역 근처에 있다.『유리문 안에서』라는 수필집을 읽어 보면 소세키가 어릴 때 '고쿠라야'라는 술 소매상을 하는 가게 옆집에 살았는데 그 집을 통해 도둑이 들어온 얘기를 한다. 네거리 모퉁이에서 '고쿠라야' 간판을 금방 찾을 수 있었다. 놀랍게도 이렇게 작은 가게도 지금까지 장사를 이어 오고 있다. 대를 이어 가업이 유지되는 게 일본 특유의 전통이라는 것을 곳곳에서 느낄 수 있었다.

반가운 마음에 달려갔으나, 아뿔싸! 소세키가 태어난 생가는 흔적이 없다. 식당 건물로 바뀌어 버렸는데 문 앞 한 귀퉁이에 소세키의 생가라는 것을 알려 주는 기념 비석이 세워져 있다. 안내판에는 소세키 어릴 때의 모습과 부모님 사진이 보인다. 이 집에서 위로 올라가는 길을 '나쓰메 자카'라고 하는데 자카(坂)는 완만한 비탈이라는 뜻이다. 당시 동장에 해당하는 직책을 가졌던 소세키의 아버지가 자기 성(姓)을 따서 길 이름을 지었다고 한다. 우리로 치면 박 씨 언덕, 김 씨 언덕인 셈이다.

생가 자리 앞에서 안내 문구를 읽으면서 우리는 시끌벅적 수다삼매경에 빠져 들었다. 사진을 찰칵거리는 우리를 보고 한 일본인 노신사가 어디서 왔느냐고 관심을 보인다. 우리가 소세키의 소설을 읽고 한국에서 여행 왔다고 하니까 노신사는 기쁜 얼굴을 하며 물었다. "한국에서도 소세키가 유명합니까?" 두 명이 동시에 대답했다. 나는 "네", H는 "아니오"라고 말이다. 쩝. 쩝. 쩝.
순간 침묵이 흘렀다. "네"라고 대답은 했지만 사실 우리나라 사
람이 소세키를 얼마나 알고 있나? 의문이 스쳐간다. 우리 세대는
일본문화 수입이 금지된 때에 학교를 다녔기에 교과서에서 루쉰
의 「아Q정전」은 봤어도 소세키를 배운 적이 없다. 나중에 돌아와
서 딸에게 물어보니 요즘 청년 세대는 이광수, 루쉰, 소세키가 동
아시아 근대문학을 열었던 작가라는 사실 정도는 알고 있다고 대
답했다. 그렇다면 유명한 걸로 인정.^^ 우리처럼 그의 문학세계
에 감응되어 바다 건너 비행기까지 타고 올 정도면 유명하다고
할 수 있다. 노신사는 『마음』에 나오는 '선생'의 유서 부분을 가장
좋아한다고 말하면서 품속에서 소세키의 시집을 꺼내 보여 준다.
시집을 가지고 다니는 남자라니 참 낭만적이다.^^ 소세키가 소설
뿐 아니라 하이쿠와 한시도 잘 지었다고 자랑하는 그의 표정이
환하다. 소세키를 무척 사랑하는 독자일까? 문학을 전공한 학자
일까?

　소세키 산방은 고쿠라야를 끼고 오른쪽으로 놀아 15분 정도
걸어가면 있다. 소세키 산방으로 가는 방향을 알리는 표지에 깜
찍하게 고양이 그림을 그려 놓았다. 집집마다 문 앞에 작은 화분
이 놓여 있는 주택가 골목을 걸어 들어갔다. 아담한 집들이 옹기
종기 늘어서 있다. 마당이 없어도 한 뼘만 자리가 있으면 꽃을 심

소세키의 생가가 있던 자리에는 어릴 적 모습을 담은 사진만 남아 있다.

소세키 생가 앞의 언덕길에는 '나쓰메 자카'라
는 푯말이 세워져 있다.

고 나무를 정성스럽게 가꾸어 놓았다. 한적한 생활을 원했던 소세키와 잘 어울리는 골목이다. 소세키 산방은 소세키가 유명을 달리할 때까지 살았던 집이다. 오호라! 소세키 탄생 150주년을 맞아 소세키 산방도 리모델링 공사 중이었다. 4개월 후 다시 개관한다고 한다. 산방에 들어가지 못하니 사진에서 본 서재가 떠오른다. 벽면 가득 책이 꽂혀 있는 서재에서 책과 원고지가 쌓여 있는 커다란 앉은뱅이 탁자 앞에 소세키가 앉아 있는 모습이 그립다.

소세키 생가 앞에서 만났던 일본인 노신사를 여기서 또 마주쳤다. 그는 우리가 소세키 산방을 못 보고 가는 것을 안타까워했다. 그는 안에 들어가면 『나는 고양이로소이다』에 나오는 고양이 무덤이 있다면서 그거라도 보고 가면 좋겠다고 말했다. 소세키는 고양이가 죽자 서재 뒤의 벚나무 아래 묻고 "이 아래 번개 치는 저녁이 있기를!"이라는 하이쿠를 작은 묘표에 써서 세워 주었다고 한다. 노신사는 건축 현장 인부에게 우리가 멀리서 온 여행자라고 설명하면서 고양이 무덤이라도 보고 가게 해달라고 부탁했다. 안전상 안 된다고 거절당하자 이번에는 공사 책임자에게 전화를 걸어 한참을 통화하며 사정하는 것 같았다. 그래도 안에는 들어갈 수 없었다. 대신 공사장 입구의 철문을 열어 주는 호의를 베풀어 줘서 소세키 동상 앞에 가까이 가서 사진을 찍을 수 있었다. 소세키 덕분에 잠시 한일 간의 감정적인 장벽을 넘는다.

소세키가 태어난 곳과 집필 활동을 한 곳을 보았으니 이제 그가 고이 잠들어 있는 묘지를 찾아갈 차례다. 조시가야 묘지는 소설 『마음』의 선생이 자살한 친구의 무덤을 찾아가 꽃을 바치며 회한에 잠겼던 곳이기도 하다. 근처에는 귀족 자제들이 다녔던 학습원이 있는데 소세키가 「나의 개인주의」를 강연했던 곳이다. 우리는 조시가야 묘지가 오후 5시에 문을 닫는다고 잘못 알고 있었기에 마음이 다급해졌다. 한 시간도 안 남았다. 구글 지도를 찾아보니 택시를 타기에는 애매한 거리였다. 5시 전에 도착하려고 우리는 젖 먹던 힘을 다해 뛰었다. 숨 가쁘게 언덕을 올라가서 철길을 건너고 골목길을 달렸다. 족히 30~40분은 뛰었을 거다. 땀이 나고 얼굴은 빨개지고 머리칼은 봉두난발, 그 와중에 꽃집을 발견하고 꽃다발을 하나 샀다.

드디어 도착했다. 너무나 조용하고 깔끔한 평지의 공원묘지이다. 봉분은 없고 수만 개의 돌로 묘지를 구분해 놓았다. 돌비석이 빼곡하게 세워져 있는 사이에 풀과 나무가 심어져 있어서 공동묘지인데도 스산하지 않고 잘 가꾼 공원 느낌이다. 묘지 번호를 헤아려서 소세키 묘지를 찾았다. 어쩐지 숙연해진다. 소세키 묘비는 옆에 있는 나쓰메가 가족 묘비보다 훨씬 컸다. 우리는 준비해 간 꽃을 바치고 기념촬영을 했다. 어느덧 해가 넘어간다. 인적 없는 공원에 바람이 불어와 나뭇잎이 흔들리는 쓸쓸한 풍경이

소세키 산방 입구에 있는 소세키 동상. 소세키가 집필했던 서재가
기념관으로 보존되어 있다.

소세키가 잠들어 있는 조시가야 묘원. 소설 『마음』에 나오는 선생이 친구의 무덤을 찾아
가던 곳이다.

다. 소세키가 태어난 집에서 시작해서 매일매일 글을 썼던 소세키 산방을 들렀다가 그가 잠들어 있는 곳에 꽃을 바치면서 하루가 지나갔다. 한 사람의 일생을 압축적으로 추적한 숨 가쁜 여정이다. 이날 우리는 장장 2만 5천 보를 걸었다. 다리는 뻐근하고 가슴은 뿌듯하다.

소세키 투어 셋째 날: 구원의 문 '엔가쿠지', 근대의 상징 '도쿄역'

소세키 투어 셋째 날은 기차를 타고 도쿄를 벗어났다. 도쿄에서 50Km, 기차로 한 시간가량 떨어진 곳에 가마쿠라가 있다. 가마쿠라는 1185년부터 1333년까지 가마쿠라 막부의 수도였던 큰 도시다. 가마쿠라에는 수십 개? 아니 수백 개의 사찰이 모여 있다. 울창한 숲과 해변이 있는 휴양지이다. 상업화된 고층빌딩은 보이지 않는 고즈넉한 마을이었다. 우리는 JR기타가마쿠라역에 내려서 엔가쿠지(円覺寺)를 찾아갔다.

엔가쿠지는 1282년 가마쿠라 막부에 의해 창건된 고색창연한 사찰이다. 철로를 따라 걷다 보면 사찰로 올라가는 계단이 나타난다. 제일 먼저 산문(山門)을 통과해야 한다. 산문은 보통 우리나라의 사찰 입구에 있는 일주문에 비하면 비교할 수 없을 만큼 커다란 이층짜리 목조 누문(樓門)이다. 자아와 욕심과 번뇌였던가? 세 가지 고(苦)에서 벗어난 사람만이 통과할 수 있는 해탈문이어서 삼문(三門)이라고도 한다고 쓰여 있던 걸로 기억난다.

엔가쿠지는 소세키가 20대에 폐결핵에 걸려서 요양을 하러 왔던 곳이다. 소세키는 이곳에서 임제종 종단을 이끌던 승려에게서 '부모미생이전 본래면목'(父母未生以前 本來面目)이라는 화두를 받고 참선을 한다. 부모가 낳아 주기 이전부터 있던 본래의 모습이란 무엇일까? 자아를 벗어나서 있는 그대로의 인간 존재를 사유해 보라는 의미였을까? 소세키에게 화두를 내주었던 승려 샤쿠소엔은 나중에 소세키가 임종했을 때 장례식을 주관해 줄 정도로 인연이 깊었던 분이라고 한다. 소세키가 체험했던 참선의 과정은 소설 『문』에 그대로 묘사되어 있다. 소설 『문』의 주인공은 마음의 구원을 찾으러 산사로 도피하지만 암담한 좌절을 안고 되돌아온다. "두드려도 소용없다. 혼자 열고 들어오너라"는 준엄한 음성이 귓가에 들려오는 듯하다.

아름드리나무가 거대한 숲을 이루고 있는 엔가쿠지는 끝을 알 수 없을 만큼 컸다. 법당 툇마루에 앉아서 땀을 식히고 있노라니 바람소리가 세상을 가득 채운다. 맑은 연못의 물결도 소리 없이 퍼진다. 정원에는 돌로 된 작은 불상들이 가득 차 있다. 예쁘고 예쁘고 또 예쁘다. 검은색으로 부식되어 가는 돌비석에 내려앉은

소세키가 참선을 했던 가마쿠라의 엔가쿠지.
소설 『문』의 주인공이 구원의 문을 찾아갔던
사찰이다. 엔가쿠지로 들어가는 산문은 세
가지 고(苦)의 해탈문을 의미한다.

이끼가 세월의 깊이를 암시해 준다. 이런 절에서 은둔하면 책 한 권쯤 거뜬히 쓸 것 같다는 생각이 들었지만 나는 곧 깨달았다. 운동장 한가운데에 텐트를 치고 자도 일어나서 한 바퀴 뛸 마음이 없으면 아무 소용이 없다는 것을. 글쓰기도 해탈도 장소가 문제가 아닌 것이다.

엔가쿠지의 장중한 여운을 간직한 채 우리는 다음 사찰로 이동했다. 기타가마쿠라역으로 가서 에노덴 전철을 타고 가마쿠라로 갔다. 하세데라(長谷寺)는 수국으로 유명한 절이다. 절을 에워싸고 있는 뒷산에 수국이 가득하다. 산책로를 따라 올라가니 푸른색 꽃봉오리가 피어나려 하고 있다. 한 달 정도 있으면 만개한 수국을 보러 온 여행객이 넘쳐 난다고 한다. 여기서 우리는 한국인 여행객을 처음 만났다. 중년 남자 둘이 여행을 왔는데 말이 통하는 사람을 만나서 반가웠는지 열성을 다해 우리의 단체사진을 찍어 주었다.

법당 앞뜰을 가로질러 맨 끝에 가니 저 멀리 아래에 해변이 내려다보인다. 가마쿠라의 해수욕장은 피서지로 유명했는데 소세키도 1912년에 아이들을 위해 이곳에 별장을 빌려 여름을 보냈다고 한다. 『마음』의 주인공인 '나'와 '선생'이 처음 만나 수영을 한 곳도 가마쿠라 바닷가였다. 『춘분 지나고까지』에서 스나가와 지요코가 피서를 와서 은근하게 애증의 신경전을 벌였던 곳이기

가마쿠라의 하세데라 뜰에 놓인 검푸른 이끼
로 뒤덮인 불상들이 세월을 두께를 말해 준
다. 아래는 하세데라의 지장보살.

'소세키 세미나'를 함께한 구인회 벗들과 하세데라에서 기념촬영을 했다.

도 하다.

두 군데 절을 돌아보고 나니 시간이 꽤 흘렀다. 우리는 다시 기차를 타고 도쿄로 돌아왔다. 대도시의 밤풍경은 으리번쩍 빛나는 네온사인과 불빛으로 은성했다. 소세키가 살았던 시절에는 인력거와 전철, 남포등과 전깃불, 손으로 쓴 편지와 전보, 기모노와 프록코트 등 전통과 근대적 문물이 뒤섞여 있었다. 신문물의 중심, 근대의 대표적 상징물은 뭐니뭐니 해도 기차였다. 『우미인초』에서 등장인물들의 인연이 처음 겹쳐지는 장소도 교토에서 도쿄로 오는 기차 안이고, 『산시로』가 히로타 선생을 만나는 곳도 기차 안이다. 『풀베개』에서 전쟁터로 떠나는 사람을 보며 연민의 정을 느끼는 곳도 기차역이다. 기차는 시공간을 하나의 직선으로 연결시킨다. 바야흐로 근대의 속도전이 시작되는 원점이다. 도쿄역을 구심점으로 삼아 수백만의 사람들이 타 도시에서 몰려들고 또 멀리 떠난다.

우리는 기차역 옆에 있는 백화점 옥상에 올라가서 도쿄역 전체의 모습을 부감으로 내려다볼 수 있었다. 붉은 벽돌과 찬란한 유리와 철로 만들어진 기차역이 전통적인 일본식 목조 가옥에 비해 얼마나 휘황찬란하게 위용을 뽐냈을지 미루어 짐작할 수 있겠다. 마루노우치의 건물들이 불야성을 이루고 있었다. 도쿄역의 야경을 마지막으로 소세키 투어를 마친다. 언젠가 소세키가 처음 교사로 부임했던 시코쿠의 마쓰야마현도 가 보고, 『도련님』이 탔던 봇짱 열차를 타고 온천에도 가 보고, 소세키가 결혼해서 첫 보금자리를 꾸몄던 구마모토도 가 볼 날이 오겠지. 소세키가 전해 주는 근대의 풍경을 떠올리며 우리는 도쿄의 한복판에서 하염없이 부서지는 불빛을 바라보았다.